BICÁCARO
José Francisco Armas Pérez

Colección dirigida por: Francisco Armas Sánchez
Maquetación: Jesús Camacho Vargas
Correcciones: Edelmira Morales Hernández y Manuel Ramos Martín
Asesoramiento artístico: Jhanan Naime Rodríguez

Bicácaro

©De la edición: El maquinista cultural
©Del texto: José Francisco Armas Pérez
©De la portada: Laura Juanmartí Bautista
ISBN: 979-88-66052-29-5

No se permite la reproducción total o parcial de este libro ni su incorporación a un sistema informático, ni su transmisión en cualquier forma o por cualquier medio, sea este electrónico, mecánico, por fotocopia, por grabación u otros métodos, sin el permiso previo y por escrito de los titulares del copyright. La infracción de los derechos mencionados, puede ser constitutiva de delito contra la propiedad intelectual (Arts. 270 y siguientes del Código Penal)

Como nunca me han gustado los que no se atreven por miedo al ridículo, aquí está mi segunda ocurrencia: Bicácaro; con cuentos oídos e inventados, y, entreveradas, historias que llevo dentro de una isla rica en ellas, de las que me siento obligado a dejar constancia, con su lenguaje, sus costumbres y desdichas; todo ello en una época triste y sombría.

*Con gratitud a Isora, mi pueblo,
a sus vecinos, casi todos fallecidos,
por haber transmitido sus historias
y las que oyeron de sus padres.*

Presentación

Me pide José Francisco que haga unas letras sobre su nuevo trabajo "Bicácaro". Sinceramente creo se equivocó al darme tal responsabilidad, ya que hay personas con mejores cualidades.
Por mi parte, no puedo negarle ese deseo a un amigo y compañero de tantas andaduras políticas.
El lector, en "Bicácaro", va a encontrar algo diferente. Son relatos sobre acontecimientos reales que ocurrieron en nuestra querida isla de El Hierro, que pocos se acuerdan de ellos y que, camuflados con el arte de la pluma del autor, dan la impresión de no haber ocurrido.
Lo primero que asombrará al lector es el lenguaje duro, pero auténtico, en la narración de los hechos, nunca mejor dicho que "al pan, pan y al vino, vino". Es el fiel reflejo de la vida de nuestros abuelos.
Hechos inventados y otros reales, Nombres reales y otros inventados.
¿Quién con algunos años, no oyó hablar del suceso donde "le escacharon la cabeza y le rebanaron el pescuezo"?
Claro que sí. Eso fue en….
Escribir sobre El Hierro no es fácil, porque la Isla es pequeña y sus campos limitados. Pero, si escribes con tanta claridad supone un riesgo y un sacrificio sobre todo por

esa pequeñez, donde todo se conoce, se sabe y se relaciona dando lugar a tantas interpretaciones como habitantes tiene la Isla.

José Francisco hace un recorrido por el diccionario antiguo de los campos de Azofa, rescatando palabras en desuso ya olvidadas por la avalancha de recientes incorporaciones foráneas.

Me llamó mucho la atención lo de "cosellamo" (también cosellamero), que viene a significar "como se llame".

Me hizo recordar a mi difunta abuela Juana, natural de La Cuesta, que no sabía leer ni escribir y a veces le costaba pronunciar nombres de cosas nuevas. Así cuando aparecieron los camiones, para ella fue difícil pronunciarlo y lo llamaba cañón. Como sabía que no era correcto, lo solventaba diciendo: Ya pasó el cosellamero de Toribio. Todos sabíamos que había pasado Toribio con su camión.

José Francisco luchador y defensor de este deporte, no deja pasar la ocasión para rendir un merecido homenaje a dos Maestros herreños que lucharon, nunca mejor dicho, por levantar y promocionar la lucha canaria.

El acomodador de matrimonios, las desgracias de las madres solteras, la fe en la Virgen de Los Reyes en boca de un maldicionento, las represiones, etc. forman parte de este trabajo que nos recuerdan situaciones reales en un ambiente conocido.

José Francisco superó con este trabajo a los realizados anteriormente. Estamos seguros que en el próximo será más difícil superar a "Bicácaro".

Querido lector, no te aburrirás leyendo "Bicácaro". Al terminar cada página, quedas enganchado para ver qué pasa en la siguiente.

Juan Carmelo Padrón Morales

Capítulo I

Un golpe seco con una raja de leña de haya le reventó el cráneo. Ella quedó aturdida, y cuando despertó, el cuerpo de su amante ya estaba frío y engarrotado. El pajero era oscuridad y silencio. Sobre su hombro descansaba la cabeza partida y rebanada por el pescuezo. Lo habían matado.

Escapó como pudo de debajo del cuerpo inerte. Después de los años, cuando pensaba en aquella aciaga noche, seguía sin tener respuesta. Siempre dudó si el leñazo fue para matarlo solo a él o a los dos, y ella por obra del destino escapó.

Con las enaguas limpió la sangre de su cara y el semen de sus piernas y salió con el sigilo de un gato al patio para observar los alrededores. No advirtió nada extraño en el vecindario, todo el mundo dormía en aquella noche negra. El monótono canto de los grillos rompía el silencio. Regresó al pajero, encendió un fósforo y con él la lámpara de gas. Se acercó, y allí estaba, bocabajo, el hombre que la iba a desposar, con el cogote rajado y la cabeza reventada. Se enfundó la falda sobre las enaguas, procurando evitar rastro de sangre, y se fue sin hacer ruido para su morada. Entró y se acostó en el rincón de siempre. Por suerte, las hermanas tenían un sueño profundo, el padre no había dormido en casa y la madre, en el caso de estar despierta, era dura de oído.

Cuando cantó el gallo espabiló a sus hermanas. Fue a la cocina, encendió el fuego y puso sobre los teniques un caldero negro de hollín, calentó leche de vaca para desayunar aprovechando la ausencia del cabeza de familia, quien solo le permitía tomar suero, y fue al retrete.

Las muchachas tenían un despertar pesado, como intermitente. Ella no había dormido y lo sucedido le mantenía muy excitada. Temía perder el control. Cuando la leche hirvió, les dio un grito:

—¡Arriba, que hoy es día de garabullos!

—¡Cómo siempre! —respondió la pequeña amodorrada.

—¿Por qué gritas? —preguntó Micaela.

—Beban un poco de leche. Aparejen las bestias y vayan a cortar dos sacos de hoja de la brevera de la Capellanía. Yo iré al Pozo Temijiraque por dos barriles de agua.

Cada cual cogió su rumbo y cuando aclaró el día notó que tenía salpicaduras de sangre en la cara y en el pelo. Decidió entonces ir a la playa la Lajita Juana a darse un buen baño que limpiara toda aquella inmundicia aprovechando que la marea estaba baja y el mar manso.

En la soledad del camino pensaba en lo sucedido. ¿Quién lo mató?, ¿la querían asesinar también? No tenía respuesta. Ahora, qué inventar con el cuerpo frío y yerto, ¿lo decía o se callaba? Con todo aquel barullo en su cabeza, optó por comportarse como un día más de aquella monótona y triste vida. Nadie debería saber que estuvo allí. Con esa tabarra fue a bañarse y después iría al Pozo por dos barriles de agua.

Terminando estaba de vestirse, sentada entre los callaos, cuando un silbo entonando una marcha militar la hizo voltear, y vio al joven Cirilo con la caña de pescar al hombro.

—¡Menos mal que me encuentras vestida!

—Desdicha la mía por no levantarme más temprano, Nicolina.

—Ya sabes, que al que madruga Dios le ayuda.

—Razón tienes. Casi veo tus partes antes que tu enamorado —

dijo risueño. Se habla que la boda ya está en puertas y que pronto se dirán las amonestaciones

—Ja, ja, no pasa nada hombre, desnudos venimos a este mundo.

—¿Y del casorio no me dices?

—Algo hay, no seas malsufrido. Tú tienes pedida a la Adoración, ¿por qué te interesas por mí?

—Mi amor verdadero eres tú, lo has sabido siempre. Desde chicos que nos mandaban a guardar las cabras a la Mancha Andrés; ¿te olvidaste del juramento que hicimos al pie del Morro Sombrío? Allí están todavía en el tronco del verode, nuestros corazones dibujados, que tallé con la punta de mi navaja pico loro, ¿te olvidaste?

—¡Por Dios Cirilo, no me recuerdes esas cosas! Deja el pasado tranquilo. Me voy al pozo. Que pesques mucho.

Capítulo II

La casa en Bicácaro, hecha con paredes de piedra seca, estaba cubierta de musgo al poniente y tacuñada en su interior con bosta de vaca. Era de dos plantas: la de arriba, una especie de granel de unos doce metros cuadrados, se utilizaba como dormitorio del matrimonio, Calixto y Teodora. Tenía una puerta angosta, hecha de dos tablones de tea desajustados mirando al sur, con una gatera al pie, y al este un pequeño ventanillo cubierto con una cortina de harapos. Una cama de cuerpo y medio con un colchón de hojas de gamona, una caja de madera, encontrada en un jallo en Ajones como mesa de noche, una lámpara de gas y una bacinilla era todo su amueblamiento.

La lonja, que se construyó aprovechando un desnivel del terreno, estaba enterrada excepto al naciente por donde era la entrada principal de la casa. Allí dormían las tres hijas en un mismo catre ubicado en el rincón derecho entrando. En el centro, un pequeño escaño de tablas para guardar la escasa cosecha de cebada, servía tanto para colocar trastos como de mesa para comer. En la parte izquierda, un montón de papas, y colgando de unos palos de brezo, metidos en los huecos de la pared, dos calderos y un locero con cinco platos y cuatro escudillas.

La techumbre a dos aguas, una de planchas de zinc y otra de colmo ennegrecido por el paso del tiempo, daba sensación de pobreza extrema. El hormigón del aljibe hacía de patio de la parte alta. En el lindero con el vecino había plantados dos rosales de pitiminí que cubrían un muro de piedra de verde oscuro, salpicado con rosas blancas y rojas, dejando espacio para un pequeño poyo medio destartalado, donde Teodora se sentaba a tomar sol y guarecerse de la brisa.

Delante de la casa, separados por el callejón de la entrada, había dos huertos, y en la esquina del fondo el chiquero del cochino, sobre del cual construyó el retrete disimulado con un pencón de tuneras y el gajo de un nogal que hacía de techo.

El cerdo corría raudo al excusado cuando alguien entraba en él.

Entre el camino real y la vivienda se ubicaban las cuadras de los animales. Allí nunca faltó una yunta de vacas, dos burros, una mula y un jabardo de cabras en un corral. En la entrada, un perro rabioso, flaco, de color cenizo atigrado, imponía respeto. Se amarró para siempre a causa de la embestida que, siendo un sato, le dio a Pedro el de Carmela, quien escapó de sus fauces encaramándose de un balasinco en la pared de arrimo del camino. A partir de aquel día, se fijó con una argolla giratoria a una pesada cadena y allí murió. El dueño cada vez que pasaba a su lado le aflojaba un estampido por donde lo ajeitara

¡Pa que te pongas cabrón, perro ascuaroso!, decía.

Siempre estaba alastrado. Si alguien pasaba por el camino, el chucho se levantaba, se quedaba encorvado con el rabo tieso moviendo de manera parpadeante como un tic nervioso el labio superior izquierdo, lanzando una mirada asesina y dejando ver sus colmillos amarillentos ya desgastados de roer huesos secos y algún escamocho. Daba tanto miedo, que no había farruco que cruzara el callejón para entrar en la casa, excepto el viejo Perico Monzón, que cuando iba borracho le daba un grito y el animal se escondía debajo de unos sarmientos que le hacían de choza y se meaba tembloroso. Su nombre, toda su aciaga vida, fue: Perro.

El matrimonio entre Calixto y Teodora era extraño, mal avenido y lleno de desdichas. El vecino más cercano, Pablito el de Los Riscos, contaba que con frecuencia oía gritos gruesos en aquella casa y que muchas veces ella pasaba varios días sin ver la luz del sol, naciendo la sospecha que se debía, según cuentos callejeros, a que no podía disimular los golpes que el marido le daba en las sienes, aunque se cubriera la cabeza con un pañuelo estampado que jamás se quitó en público.

Siempre fue una familia muy solitaria y con pocas visitas, debido, sobre todo, al mal carácter de Calixto. En cambio, las hijas tenían un trato amable y relaciones cordiales con el vecindario, en especial la mayor, Nicolina Sofía.

Teodora Lima era hija única, procedía de una buena familia temerosa de Dios. Su padre, don Saturnino, apareció en una falúa que naufragó durante la guerra europea y se quedó en la Isla. Se decía que había estudiado en un seminario porque cuando se embriagaba, que lo hacía con frecuencia, echaba arengas en latín y eso le granjeaba un cierto porte. Al poco tiempo de establecerse, se relacionó con los gobernantes e hizo gran amistad con el cura. Nunca trabajó, todos los meses recibía un giro en el banco de doña Armenia, permitiéndole vivir sin muchos esfuerzos. Fue adquiriendo propiedades aprovechándose de las subastas de terrenos de los vecinos que no pagaban las contribuciones, a quienes luego convertía en medianeros. Aquella bicoca hizo que, en pocos años, llegara a tener un patrimonio considerable y entradas monetarias importantes.

Como correspondía a su estilo de vida y refinada estampa, se desposó con una joven de familia acomodada y muy devota a la Virgen de Los Dolores, Estrellita Rubí de Salazar, la última de los Salazares.

De Estrellita Rubí no se supo mucho. Era enfermiza y poco dada a la socialización. Su deseo desde muy joven, fue profesar como Carmelita Samaritana del Corazón de Jesús y dedicar su existencia a la contemplación y al recogimiento, pero don Saturnino entró en su vida, o mejor, en la de su padre don Leopoldo de Salazar Oliveira, pariente lejano de unos marqueses portugueses, quien influyó en su hija para que abandonara su vocación de entrar en la vida monástica y aceptara entablar amistad con el hábil mozo, quien ya le había manifestado, en varias ocasiones, su interés por Estrellita. Ella dudó entre la llamada divina y la debilidad de la carne y, al fin, aceptó la petición de matrimonio. Al unir las fortunas se convirtió don Saturnino en un sujeto reputado y con gran poder económico, dedicándose entonces a la usura. Por ello, varios personajes influyentes en la gobernanza de la isla dependían de alguna manera de él.

Estrellita Rubí fue cuidada y atendida por Margarita, una joven del lugar que trabajó de sirvienta en la casa hasta la muerte de la señora. Su insípida vida contrastaba con la jacarandosa de don Saturnino, que, con su labia, no le fue difícil tener escarceos amorosos, contando para ello con la ayuda inestimable y discreta de su amigo, el párroco.

El cura Rodrigo de Losada era un tipo guapetón y chulo. Le gustaba comer bien, beber mejor, y jugar a la baraja, sobre todo al julepe, apostando buenas sumas de dinero, que don Saturnino le facilitaba a modo de préstamos y el religioso, a cambio, con el disimulo de la confesión, pasaba a su inmaculado aposento la amante convenida donde esperaba el señor, quien después de aliviarse, tenía una atención económica con la dama.

Esta historia se descubrió cuando al cura Rodrigo lo sustituyó el dominico Lorenzo Vera. Un día, una tal Rosineta, nombre que le puso su padre en memoria de una barragana que tuvo en Cuba, esperaba en la iglesia por ser la fecha apalabrada. El nuevo religioso, que no conocía el sitio donde habitaba, no le hizo la señal de costumbre, por lo que ella se acercó al confesionario

—Ave María purísima, confiesa tus pecados, hija.

—He venido a lo de siempre, padre —dijo con una sonrisa nerviosa.

—Claro, a contarle a Dios tus desvíos.

—No, es por el asunto.

—Sí, dime.

—¿Qué quiere que le diga?

En vista de la extraña conversación, el bueno del dominico salió del confesionario y encaró a la dama, quien se mostró asombrada por el trato

—¡Mire padre, yo vengo a lo de siempre!, así que vamos.

—Vaya delante —dijo el confesor desorientado.

La señora decidida cruzó la iglesia, entró en la sacristía y abrió una puerta que comunicaba con la casa parroquial

—¿Dónde está, o no ha llegado?

—Mire hija, le he seguido la conversación porque en mi opinión hay una confusión, ¿qué quiere usted?

—¡Nada, disculpe! Sí, me he confundido —le contestó Rosineta malhumorada —y se fue.

A partir del desconcertante incidente, el cura Lorenzo Vera empezó a unir comentarios y fue Manolo el campanero quien le dio las claves para descubrir que la casa parroquial había servido de picadero durante mucho tiempo. Al conocerse aquel chisme, Estrellita Rubí se encerró más en su habitación.

La vida familiar se terminó de trastocar cuando su única hija, la joven Teodora, por obra del diablo resultó preñada y su padre, después de someterla a un verdadero martirio de encierros y palizas, para que reconociera su deshonra, la echó de casa.

—¡Jamás confesaré! —exclamaba entre llantos y gritos de dolor.

—¡No vuelvas más, hija de Satanás! ¡Te quemarás en el fuego divino, pero mientras llega, que espero sea pronto, serás maldita! —gritaba enloquecido don Saturnino dándole una patada y lanzándola a la calle.

Teodora, preñada, maltratada y desterrada de su hogar, quedó en estado de inconsciencia y al despertar, aturdida, deambuló por las calles de la Villa. Nadie se le acercó a sofocar su angustia. Unos la miraban desde las ventanas y puertas entreabiertas; otros caminantes al verla se giraban para no cruzarse con ella y hubo quienes la increparon de casas aledañas.

—¡Qué te pudras mala pécora! ¡Caiga sobre ti toda la maldición divina y ese monstruo que llevas en el vientre, en él reviente!

—¡Debió tu padre, habértelo sacado a patadas y mandarte al infierno!

—¡Puta, reputa!, mira quien la ve, con esa carita de santa.

Se iba animando el vecindario a ver quién decía un improperio mayor. Teodora, desde aquel fatídico día siempre tuvo en su cabeza un espacio en blanco que no quería rellenar. La viuda Caridad Acosta, que sentada en el quicio de la puerta observaba la crueldad de aquella situación, se acercó a la muchacha, la cogió de la mano y la entró en su casa, donde recibió sus cuidados y los de su hija Carmelina, que era temporera. Durante varios días, Teodora estuvo llorando su desventura.

Aquel asunto destruyó definitivamente la convivencia en el hogar. Don Saturnino, encalabernado, no permitió que la madre hablara con la hija desde el día que supo de su preñez hasta que la expulsó a patadas a la calle, aumentando el sufrimiento en la triste familia. Estrellita Rubí, más nunca le dirigió la palabra a su esposo e hizo separación de lecho. Si sus relaciones sociales eran escasas, a partir de aquel momento terminaron para siempre y en poco tiempo falleció, murió de magua. La encontró muerta su criada por la mañana. Estaba en la misma posición en que la acostó la noche anterior. Le extrañó que cuando salía por la puerta de la habitación, la llamara:

—¡Margarita!
—¿Dígame, señora?
—Acércate, por favor.
—Ya estoy aquí —le dijo mientras le cogía las manos pálidas y torcidas por la artrosis.
—¿No te importaría darme un beso?, hace tanto tiempo que nadie me acaricia.
—¡Ay, señora, no uno, sino tres!

Cuando Margarita le dio un beso en cada mejilla y el tercero en la frente, le colocó la mano en el pecho y entonces Estrellita Rubí cerró los ojos y suspiro fuerte.

—Gracias Margarita.

Don Saturnino envejeció mucho después de lo sucedido. Se quedó solo como un pasmarote. Aparecía en cualquiera de sus fincas montado en una yegua negra. A veces saludaba a los medianeros y otras los veía de lejos y se marchaba. Dos meses más tarde de morir Estrellita Rubí, el pastor de ganado Aurelio Cabrera, lo encontró ahorcado de un almendrero en la finca la Hoya Moliar. En el bolsillo interior de la chaqueta de cordoncillo que tenía puesta, dejó una nota escrita para la autoridad:

Señor Juez Comarcal: No merezco el don divino de vivir. Debí nacer muerto para así no haber hecho tanto daño a las personas que me quisieron y que han sido mi aliento en la vida. A mi madre, que desprecié siempre, a mi padre, al que odié, a mis hermanos que jamás miré con deseo de darles un abrazo y a mi esposa, negada cada vez que yacía con otras a las que deseaba asfixiar cuando mostraban placer. He amado a mi hija y no la supe escuchar, respetar ni apoyar. El diablo me nubló y me torció en mi voluntad, y con él me voy, diciendo adiós a esta sociedad podrida y traicionera, que me ha negado toda esperanza. Me voy pidiendo perdón por existir, y exculpar a mi madre por no haberme matado al parirme. ¡Aquí queda todo! Dejo a este asqueroso mundo.

Capítulo III

Juan, de muchacho, siempre llevaba los bolsillos de su pantalón de mahón decolorado, llenos de chinas y una espintadera colgando de un bolsillo trasero, y a perro que se cruzaba le aflojaba tal pedrada en el hocico que el pobre animal daba un chillido, tres vueltas y quedaba tendido. Nunca fallaba en el disparo.

El vicio de matar se lo quitó Teodomiro Zamora cuando llegó Luto con la oreja volada a la Gorona donde se guarecía del temporal guardando las cabras. Al advertir la cabeza del perro ensangrentada, supo enseguida quien era el puñetero que lo había hecho. Lo esperó en el camino las Crucitas cuando venía de ordeñar las vacas, lo agarró por la pechera y sin terciar palabra le dio una felpa, y lo peor fue que le rompió la espintadera. Aquella paliza enderezó a Juan, conociéndose desde entonces, con el dichete de Matacán.

Juan fue a la Villa por una licencia para sacar unas cargas de leña seca del Jayal, y de paso, visitar a su hermana Caridad.

—¡Buenos días, familia! —dijo abriendo la puerta de repente.

—¡Mi querido hermano! —exclamó Caridad emocionada abrazándolo.

—¡Hola, tío! —saludó Carmelina dándole un beso.

—¿Cómo están pasando el invierno?

—Todavía no ha hecho mucho frío, pero ya estaba ahorrando leña por si te habías despistado.

—¿Olvidar a mi hermana?, ¡y a la sobrina más guapa que tengo, que es la única!

—Anda tío… ¿Es por ser la única, o porque de verdad soy bonita?

—Como un verdadero ángel —le respondió mientras le pellizcaba los cachetes.

—Vine a sacar la licencia porque me han dicho que hay un guardamonte nuevo que tiene cara de perro.

—Mientras vas a la diligencia, yo iré preparando un champurrio de jaramagos —dijo la hermana.

—¡Oh! Ya sabes lo que digo de tus champurrios.

—Que se parecen a los de la abuela Justa— apuntó la sobrina.

Cuando Juan Matacán regresó, Caridad tenía puesta la mesa, una mesa rectangular en medio de la cocina con cuatro sillas. La había vestido con un hule de color rosa con figuritas de adorno y colocados los platos de peltre hondos, esmaltados con flores rojas y amarillas; el caldero humeando en el centro, unos higos blancos pasados, un trozo de queso tierno, dos vasos y una cuarta de vino.

—¡Anda, pero si tienes invitada! —dijo el hermano.

—Sí, de vez en cuando convidamos a alguien —respondió Caridad.

—¿Tú no eres la hija del finado don Saturnino? —preguntó Juan.

Teodora se levantó de la mesa, se fue a la habitación y cerró la puerta.

—Veo que he sido inoportuno, ¿qué pasa?

—No, hermano, es que no sabes nada. Vamos a comer y te cuento.

Se sentaron a disfrutar del almuerzo mientras Caridad relató lo que había sucedido con la hija de don Saturnino, y ante la situación, le estaba dando cobijo.

—Lo hiciste bien hermana, no cabe duda que heredaste los buenos principios de nuestros padres, que en paz descansen. Recuerdo cuando tú apenas tenías un añito o dos, que también recogieron en casa a uno de los hijos de una tal Baldomera que apareció muerta y entullada con piedras en una cueva en La Cumbrecita.

—Sí, me acuerdo un poco, se llamaba Ismael; qué mano tenía para enseñar a los perros.

—Quién se olvida de aquel que tuvo, solo le faltaba hablar, ¡vaya animal más inteligente! Todavía me erizo los pelos de recordar lo que hacía.

—¿Y por qué la mataron, tío?

—No recuerdo mucho, yo tenía cinco años. Era una mujer muy pobre y se acostaba con los hombres por necesidad. Así parió unas diez veces y alimentaba a siete hijos vivos.

—Recuerdo a nuestro padre contar la historia, que como no llegó a casa después de tres días, los niños lloraban y el pueblo se alteró, entonces los hombres la fueron a buscar y no dieron con ella; al cuarto día los acompañó un perro y fue quien la encontró.

—¿Un perro mamá?

—Sí, sobrina, los hombres buscaban por todos los rincones, y de pronto sintieron ladrar muy desesperado, el dueño, un tal Tito, dijo "¡coño, mi perro encontró algo!"; fueron corriendo y estaba ladrando sobre un montón de piedras. Al acercarse vieron salir una nube de moscas verdes, entonces el viejo Nicanor gritó: ¡no toquen nada carajo, hay que llamar a la justicia!

—¿Y la dejaron? —preguntó Carmelina exaltada.

—Sí, allí se quedaron dos vecinos haciendo guardia. El primo Martín, que tenía un caballito moro, fue a dar cuenta a la autoridad de lo sucedido y al día siguiente la sacaron.

—¿Qué fue de los hijos?

—A Ismael, el pequeño, lo criaron nuestros padres hasta que se puso a trabajar de ganapán con un señor que vino de fuera y se marchó con ellos; el segundo llamado Marcial, fue a vivir con el juez, y a ese chico lo mataron en una guerra que hubo; al tercero lo recogió una familia de la Villa y murió de tifus; a otros dos los mandaron a la Casa Cuna, quedando en el pueblo Silvestre y la única hembra, que era la mayor, María Lucrecia. Estos cuando tuvieron edad emigraron, y nunca más se supo de esa gente.

—¡Qué historia más triste!

—Cosas de la vida, sobrina. Tú, hermana, has hecho bien, pero ¿ahora qué vas a inventar con esta muchacha?

—Hablaré con ella cuando esté más tranquila. Lo que sí sé, es que no la voy a botar para la calle por estar preñada, que no es la primera ni será la última.

—¿Si resultara yo mamá, me echarías?

—¡Niña, si me vienes con una barriga, te mato!

—Ja, ja, ja qué cosas se te ocurren sobrina, tienes las ocurrencias del abuelo. Lo bueno sería buscar a uno que se casara con ella.

—¡Por Dios, tío...!

—Nada de sermones, las cosas hay que arreglarlas. Conocemos cómo es la vida de una mujer que ha tenido un chico y no se sabe quién es el padre, ¿o sí?

—No, pero se sabrá. Este asunto ha saltado hace unas semanas y la pobre lleva un mes en casa recibiendo palizas de su padre para que diga, y no suelta prenda. Las malas lenguas dicen que es del cura que se fue.

—¡Ay, coño, estos cabrones curas merecen caparlos!

—¡No diga eso, tío!, yo lo conocí y era un hombre serio.

—Sobrina, serios son los machos y se la maman. Vayan pensando en mi idea y se lo van comentando que nunca se sabe. Podría haber un solterón que no le importe criar un muchacho ajeno y ya sabes que el cariño viene con el roce, y la herencia es muy apetitosa. Esa es la realidad.

Caridad había preparado una habitación para que su hermano descansara al terminar de almorzar.

—Reposa un poco.

—Si veo la cama me hace galayas. Mejor me voy porque le prometí a tu cuñada que llegaría temprano.

—Entonces dame un abrazo y saluda a la familia.

—Ya será hasta la Pascua de abril. No te olvides, ¡hay que buscarle un marido!

Capítulo IV

Tanto Juan como su hermana Caridad se devanaron la cabeza con la idea de emparejar a Teodora, siendo conscientes de la dificultad de la tarea. Primero había que convencerla, después buscar un hombre que aceptara casarse con una mujer criticada, y en tercer lugar que se gustaran un poco, aunque dadas las circunstancias, si ella aceptaba, facilitaba la labor de búsqueda.

Los días pasaban y Teodora iba abriéndose con Caridad. Le relató las atrocidades que le causó su padre, llegando una noche a colgarla con una soga en el aljibe y allí la tuvo, no sabe cuánto tiempo; le dio golpes en la barriga y le hizo tragar toda clase de brebajes para que expulsara el pecado. Caridad, con tiento, le iba creando la necesidad de no estar sola. Le contó que ella había sufrido mucho después de que enviudó, y gracias a la ayuda que recibe de su hermano que la socorre en lo que puede, pudo sobrevivir.

—No sabes lo duro que es para una mujer no tener marido, sentenció.

Una tarde Caridad salió a un menester, quedándose las dos muchachas solas. Después de jugar una partida de baraja, Teodora bajó los ánimos y comenzó a lagrimear lamentando su situación.

—¡Oh, amiga!, no te pongas así… —le rogó Carmelina.

—Es muy duro lo que me pasa; me he quedado sola, sin familia, ni sé a dónde voy a parir. ¿Tú qué harías?

—¿Yo? Lo primero es hablar con el padre de la criatura.

—¡Por Dios!, ni lo nombres —dijo Teodora llorando y cubriéndose la cara con las manos —¡ni lo menciones!, cómo me engañó y lo que estoy sufriendo.

—Ya lo sé, pero que sea responsable y apechugue.

—Él no está en la isla, Carmelina, se fue.

—¡Ay mi madre, no me digas!, no puede ser… de aquí no se ha ido más nadie.

—¿Qué quieres decir?

—¿El padre es el cura Rodrigo?

Teodora se levantó de la silla, tiró la baraja que tenía en la mano, entró en su habitación y se encerró. Carmelina, ante la confirmación de la noticia quedó desconcertada, salió al patio sin saber muy bien a qué. Caminó entre las plantas del jardín y mientras desandaba iba enfureciéndose de tal manera que su deseo era tener al cura en sus manos y ahogarlo, y repetía en voz baja:

—Cabrón, hijoputa, hijo de la gran puta, machango de mierda, que ganas de cortarle los güevos.

Cuando se tranquilizó fue a la cocina e hizo una taza de agua de tila con valeriana, se acercó a Teodora, la abrazó, y le puso el cuenco entre las manos con el cocimiento tibio.

—Tómala, te hará bien.

—Lo que quiero es trinina, Carmelina.

—¡No digas tonterías! Todo se arreglará. ¡Te buscas otro macho, y se acab!

—¿Quién me va a querer así, en mi estado?

—Tranquila que en esta vida nada es imposible. Hay hombres que se tragan lo que sea. Debes evitar que la preñez se te suba a la cabeza, que dicen las viejas que es cosa mala.

—Gracias por lo que hacen por mí; si no fuera por ustedes, estaría muerta. Varias veces he pensado en quitarme la vida.

—¡Qué locura!, ¡para que vayas directa al infierno! Tranquila amiga, verás que todo se arregla.

—Fue tan exquisito, tan amable, tan cariñoso y lisonjero...

—¿Qué dices Teodora?

—Me refiero al cura.

Carmelina guardó silencio y la dejó hablar, siguió abrazándola y desenredándole la melena con los dedos.

—Frecuentaba mucho mi casa por la amistad que le unía con mi padre. Es un hombre muy atento y delicado, nunca lo imaginé. Un día fui a la iglesia a confesar, estábamos solos como muchas otras veces. Él arreglaba unas cosas en la sacristía, se cayó una bandejita y yo me agaché para recogerla, al levantarme lo sentí a mi espalda y me dio un escalofrío. Con sus grandes manos me acarició los hombros, los brazos y me soltó el pelo que tenía recogido. Me quedé sin poder hablar; jamás sospeché eso de él. No recuerdo si me hizo algo más, si me besó o qué, ni sé el tiempo que estuve allí, inmóvil.

Teodora se calló, suspiró fuerte, tomó otro buche del agua de la taza. Carmelina no daba crédito a lo que oía.

—Te viene bien hablar Teodora, soltarlo todo.

—Sí, te lo voy a contar, ya no aguanto más; espero que sepas guardar este secreto como se merece.

—¡Irá conmigo a la tumba, no te preocupes!

—Cuando salí de aquella ambigüedad, me fui corriendo a mi casa y me encerré en la habitación. Pensé contárselo a mi padre. Así estuve varios días, hasta que decidí pedirle explicaciones y volví a la parroquia, pero fue peor. Empezó a hablar como los curas saben y a decirme piropos muy bonitos: lo linda que soy, lo que pensaba en mí, las noches en vela, imaginando estar juntos, incluso que si yo quería él dejaba el sacerdocio y se casaba conmigo porque yo era su compañera de la vida, y no sé cuántas cosas más, que me pusieron muy nerviosa. No sabía qué responderle. Después se acercó de frente y acariciándome la cara me besó muy suave y le correspondí, entonces me abrazó apasionado. Soltó mi melena y comenzó a respirar profundo poniéndose muy alterado y sudoroso, y me dijo que me fuera, y me fui.

—Quien se lo podría imaginar del padre Rodrigo, tan educado y tan servidor de Dios, y eso que tenía pinta de pazguato, de bobanco, ¡qué cabrón! – exclamó Carmelina alterada.

—Estuve sin ir a la iglesia una semana, incluso mi padre se enfadó por ello. Aquella situación me creó un estado de ansiedad tal que necesitaba verle. Quería resolver lo sucedido. No podía ser que yo tuviera una relación con el cura, y fui a su casa a pedirle que me respetara. Toqué, abrió la puerta y estaba sin sotana. No vi al religioso, vi al hombre; me invitó a pasar, tomamos café sentados en la mesa del comedor, y comenzó a decir cosas que no venían a cuento. Me preguntó por una herida que tenía en la muñeca. Le contesté que me la hizo un gatito pequeño, y me cogió la mano.

Teodora comenzó a hacer bicos y un lagrimeo contenido le impidió seguir contando. Al instante estalló a llorar fuerte y se abrazó de Carmelina largo rato, y cuando se tranquilizó, bebió el fisco del brebaje que quedaba en la taza, se puso de pie y continuó con el relato.

—Me cogió la mano para ver la herida, pero en aquel instante se trasformó. A mí, un calor intenso me recorrió el cuerpo. Me levantó de la silla, fue subiendo las manos por mis brazos y me apretó hacia su pecho, me acarició la espalda y nos besamos intensamente y sin darme cuenta me penetró.

—¡Coño, así ocurrió! ¿No te desnudó ni nada y en la mesa del comedor? Dios me perdone, pero ¡qué hijo de puta el cura ese!, ¿y qué notaste?

—Me desvanecí, fue tan suave. Supe que estaba dentro de mí cuando sacó su bicha y la vi.

—¡Pero Teodora!, ¿eso es así, no dicen que duele mucho?

—No sé amiga, eso es lo que me pasó, y mira, ¡la primera vez y preñada!

Carmelina abriendo las ventanas de par en par para que entrara aire fresco, exclamó:

—Me estoy asando viva. ¡Dios, me dejaste sudando!

Capítulo V

Juan Matacán analizó a los dos solterones del pueblo: Julio el Rana y Calixto. Dado el estado de preñez de Teodora, había que resolver el asunto con rapidez para evitar que no se celebrara boda y bautizo a la vez.

Julio el Rana no era un tipo apropiado, aunque seguro aceptaría la oferta porque el trabajar nunca fue lo suyo. Era relambido, parrandero y enamorado. Una vez le pidió prestados unos zapatos nuevos al cuñado Miguel para ir a visitar a una pretendiente en la festividad de la Candelaria en el mes de febrero y se los entregó después de San Simón. Había caminado la Isla entera de bureo presumiendo de calzado. Cuando fue a devolverlos, Miguel lo recibió con un macanazo que le abrió una ceja, cicatriz que lucía con orgullo por la jodienda que le dio al concuño.

Llegó a pedir a una muchacha bien emparentada, con cierta fortuna, una tal Favorita, pero el padre de esta, conocedor de la vida lisonjera del elemento, convino con su amigo Fortunato para que buscara un buen mozo y trabajador en los pueblos cercanos que se casara con la hija, recibiendo por sus buenos oficios un pago generoso. Así se hizo, y Favorita, por la presión familiar y que el novio buscado no tenía mala estampa, se casó con Cubiro. El desaire fue el chisme del pueblo durante tiempo, incluso lo cantaron en un carnaval por unos disfrazados de cortejo nupcial:

> *Andaba de pica flor*
> *la vida era jarana*
> *hasta que un desamor*
> *acabó con Julio el Rana.*

El Rana encajó el desprecio y se juró ajustar cuentas. Al poco tiempo comenzó a cortejar a la hija mayor de Fortunato y para dar buena imagen ante la familia y el vecindario, se puso a bregar y abandonó la parranda. Trabajó de aprendiz en una carpintería y apuntaba maneras de buen artesano de la madera. A los seis meses, aparentando un hombre serio, entró en la casa para pedir la mano de Esperancita, siendo recibido con mucha satisfacción por la familia. Se convino la boda y se estudió con todo detalle los preparativos para que el acto fuera de cierto esplendor. Pero, como a perro traidor no se le huele el trasero, Julio el Rana dejó compuesta y sin novio a la prometida en el altar de la iglesia del pueblo y le mandó un verso por correo a Fortunato:

> *En este mundo traidor*
> *tan lleno de hipocresía*
> *lo que vende hoy en día*
> *es desechar lo anterior.*

Calixto aparentaba una persona diferente, un hombre serio a quien no le gustaba el trulengue. Era el más chico de los tres hermanos, el mayor, Viviano, murió a poco de venir al mundo de un no sé qué, y el segundo, Eulalio, le llevaba diez años de edad.

A Calixto, al mes de nacido, lo mordió un hurón del vecino Gonzalo que se le escapó del cajón y la maldita alimaña fue a la cuna al olor de la leche. A los llantos desesperados del niño, acudió la madre que encontró al bicho ensangrinado comiéndole la cara. Agarró al hurón por el rabo y lo estalló al suelo, recogió al muchacho y salió corriendo dando gritos pidiendo auxilio.

—¡Juana, Juana, acude, socórreme que se muere mi hijo!

—¿Qué pasa? —preguntó la vieja María que cruzaba por el callejón.

—¡Socórranme que se muere Calixto!

—¿Qué desgracia ocurrió? —gritó Juana que estaba entretenida vigilando una gallina que andaba desnidada a la que le había puesto unos granos de sal en el culo para descubrir dónde tenía los huevos.

Cuando aquellas mujeres vieron a la criatura, era un cuadro de tristeza. Calixto se moría asfixiado. María, más hábil, quitó el niño de los brazos de su madre poniéndolo boca abajo para que la sangre cayera y al momento empezó a respirar con normalidad. El sangrerío no dejaba apreciar el rostro.

—¡Tranquila mujer, que este niño no se muere! —aseguró Juana.

—Dios te oiga, no aguanto otro hijo muerto.

—¡No me pongan más nerviosa de lo que estoy, coime! —exclamó María— dejen los nervios, calienta un poco de agua y trae unos trapos para limpiar a esta criatura.

—Mejor entrar en casa —contestó desgarrada la vecina Olga —que cruzaba por casualidad cargada con una talega de hojas de higuera para una cabra que tenía parida.

—Eso sí —respondieron las mujeres a la vez caminando ligero.

Al llegar, lo acostaron de lado sobre una mesa hecha con tablas desiguales. La madre puso a calentar agua y cogió unos trapos limpios que tenía guardados para confeccionar tiras de traperas. Calixto lloraba relajado, y todas, aunque desencajadas, se habían tranquilizado. Cuando despejaron la sangre apareció la realidad. El hurón comió parte de las alas de la nariz, ensañándose más en la derecha, le destrozó la parte izquierda del labio superior con varias mordidas en la cara, y una herida profunda en el mentón que se le veía el hueso.

—¡Miren por Dios!, tan lindo que era mi niño y ahora parece un esperpento.

—Bueno, mujer, esto es en caliente, tampoco es para tanto —dijo María mirando a Juana quien hizo un gesto de complicidad.

—¡Mi hombre cuando lo vea me mata, y con razón! Siempre me dice que no deje el niño solo; pero quién iba a pensar que ese mugriento hurón se escapaba y me lo mordía de esta forma.

—¡Bueno carajo!, ya está. A tu marido le hablo yo, que a mí no me levanta la voz y le digo lo que pasó, ¡así que tranquila que ninguna desgracia se arregla con otra! —dijo alzando la voz María.

Calixto con el crecimiento se compuso, haciéndose un tipo fornido, buen mozo y trabajador, y eso que de tanto ponerse al retaño, le salieron unas manchas en la cara que aumentaba su aspecto repugnante, pero por suerte, la vecina Remedios poniéndole emplastos de saliva en ayunas las hizo desaparecer.

Cuando comenzó a hembrear se enamoró de María Antonia, la hija de un ganadero de la zona que no le correspondió. Lo peor fue que el hermano de la joven, un tal Prudencio el Picha, un elemento fanfarrón y torrontudo, lo ridiculizaba y humillaba cada vez que lo veía, haciéndole muecas, hasta que se tropezaron de frente y se fueron a las manos. Se dieron tal paliza, que estuvieron mucho tiempo sin salir de sus casas. A partir de aquella violenta pelea, Calixto se alejó de los amigos, convirtiéndose en un tipo solitario y huraño que casi nunca miraba a los ojos de quien se encontraba con él. Tampoco se le conoció más amoríos, y mientras los jóvenes de su quinta iban formando hogar, él ni siquiera lo intentaba, y ya la edad de matrimonio se le estaba pasado.

En Calixto, pensó Juan Matacán, sería mejor candidato que el tarambana de Julio el Rana. La pregunta era dónde y cuándo lo abordaría para hablarle del negocio, y como reaccionarían los casamenteros a primera vista. Cualquier gesto de desagrado por parte de ella, aunque mínimo, lo advertiría él, que era muy perspicaz, y bastaría para terminar la componenda. No cabía duda, que para quien no había visto la cara de aquel hombre, le resultaría desagradable, así que, en caso de que todo fuera bien, tenía que contar la historia del hurón a Teodora y llevar algún retrato de Calixto.

La suerte sonrió a Juan. Un día que iba al monte a buscar leña para suministrar a su hermana, un grito le hizo detener la marcha de la bestia.

—¡Espere hombre, que parece que le embiste el diablo!

—Carajo, Calixto, no te esperaba y se agradece la compañía.

—Y dilo, que se puede dar una mala pisada y no hay quien te socorra.

—Verdad es, en estos tiempos que corren es difícil encontrarse con alguien. Todo el mundo está emigrando, hasta yo he pensado en mandarme a mudar.

—Si esto sigue así no queda nadie, la miseria y la angurria nos mata, y la única forma de escapar es coger el velero. A ver si llueve, por lo menos.

—Voy a buscar dos cargas de leña que llevarle a mi hermana.

—A lo mismo voy, pero para mí, porque yo no tengo perro que me ladre.

—Ja, ja, será que no quieres; eres un hombre de trabajo y serio.

—No me jodas Juan, bien sabes lo que me pasó con el Picha y su hermana y a partir de entonces no he mirado a ninguna mujer; no quiero que se rían más de mí. ¡Como si estuvieran muertas!

—Ya que llegamos a esto, creo que nadie se ríe de ti, ni se han reído nunca, a no ser el gaznápiro aquel, y después de la zurra que le diste no lo hizo más.

—Nos dimos de parte y parte. ¡No pensé que fuera tan duro ese cabrón!; lo que pasa es que yo calzo un numerito más, pero a punto estuvo de joderme.

—Voy a la Fuente el Lomo que me dijo el viejo Ambrosio Jorge donde hay una leña de brezo buena. Si quieres me acompañas y seguimos hablando.

—Claro, así nos ayudamos a cargar las bestias. ¡Cómo recuerdo el tiempo que estuvimos haciendo carbón!, ya va pa quince años.

—La vida pasa muy rápido y nosotros nos vamos con ella, así que como no te cases te quedas para vestir santos.

—¡Coño!, hoy te dio por emparejarme. Si se te ocurre me tienes buscada novia y todo, ja, ja.

—No lo dudes, sabes que soy buen casamentero. Por mí hay un par de matrimonios en el pueblo. El de Tomás con Juliana la Larga, es uno. ¡Vaya tipo duro! No se atrevía a decir una palabra a la pobre mujer y tuve que emborracharlo para que le recitara un verso que había ensayado unas cien veces, porque cuando iba a empezar se quedaba engagado, pero con una hartada de vino se le aligeró la lengua

—¡Cómo me reí aquel día!

—Me imagino el cuadro, y Juliana con sus manos en jarra mirándolo atravesado.

—Yo pensé que ella le iba a dar un macanazo, cuando el bueno de Tomás le soltó la retahíla que se había aprendido de memoria de un libro que tenía aquel maestro que echaron del pueblo, que por fuera decía "Don Juan Tenorio", no se me podrá olvidar el nombre. Me acuerdo y me meo de risa.

—Cuenta, para reírme también.

—Habíamos estado hablando de que le soltara el verso y aunque lo repetía enterito como un loro, al verla se sudaba todo y no le salía palabra. Aquel día saqué un barrilote de vino viejo de La Oliva, se echó unos tragos y se envalentonó, y pensé: con otro buche este jodido canta, ¡y vaya si cantó!, parecía un pájaro pitasilba.

—¿Y se lo dijo cantando?

—No, hablado, pero clarito. Salimos de mi casa para la cantina de José a echar una partida, y en tan buena hora nos encontramos a Juliana de frente con la abuela, la tía Ruth, que estaba sorda como una caja, la pobre, y entonces le dije: ¡esa es la tuya!, aprovecha ahora. Me quedé rezagado y salió mi Tomás camino adelante cual toro embravado. Juliana, cuando lo vio venir, se paró, y la vieja que no se enteraba siguió caminando. A un par de metros se quedaron firmes, mirándose, igual que dos pistoleros, él se balanceaba de un lado y al otro, y ella le dice:

—¡Bue!, ¿y esto ahora, qué mosca te ha picado?

—No me ha picado nada que pique, mi querida Juliana, y escucha con atención lo que te vengo a decir por el bien de los dos, y suelta en tono ceremonial:

>*¿No es vedad, ángel de amor,*
>*que en esta apartada orilla*
>*más pura la luna brilla*
>*y se respira mejor?*
>*Esta aura que vaga llena*
>*de los sencillos olores*
>*de las campesinas flores*
>*que brota esa orilla amena;*
>*esa agua limpia y serena*
>*que atraviesa sin temor,*
>*la barca del pescador*
>*que espera cantando al día,*
>*¿no es cierto, paloma mía,*
>*que están respirando amor?*

—¡Carajo, la sabes de memoria también! ¿Y no era de día?

—¡Claro!, entonces ¿cómo crees que fue el cachondeo? Él se aprendió el verso para recitárselo por la noche en el baile. Decía aquel maestro que ninguna mujer se resistía al oír la cuarteta del tal Juan Tenorio, que debió ser un tipo largo pa las mujeres, porque mira como habla el jodido.

—¿Y ella qué hizo?

—Se quedó clavada en medio del camino frente a Tomás un rato, miró para ambos lados, y pensé que estaba buscando alguna galga para mandársela a la cabeza, cuando da un brinco, lo abraza y dice: ¡Menos mal que te decidiste cacho pendejo! Él se quedó sin habla, y si ella que es más fuerte, si no lo aguanta, estalla al suelo.

—Ja, ja, ja, ¿y tú, ¿dónde estabas?

—Escondido detrás de la curva del camino del Lomolugo. Así se casó Tomás el Sardina con Juliana la Larga.

—Me gustaría conocer al tal Juan Tenorio; ¡menudo pinta!, igual me enseña algún truco de galanteo porque me veo jodido para conseguir una mujer.

Se afanaron en buscar leña. Al terminar almorzaron lo que cada uno llevaba en su hato compartieron el conduto y se invitaron con vino. Juan tenía un burro grande de color negro, garañón y algo inquieto.

—Calixto, ayúdame a cargar que este cabrón es medio escarabajiento.

—Vamos allá.

—Así, mientras cargamos el tuyo, el mío se va acostumbrando y va más tranquilo.

—Esos burros enteros ya no son pa ti.

—He pensado en cortarle los chismes, pero ni tiempo para ir al Golfo que me han dicho que Gregorio el que toca el pito capa bien.

-Yo llevé el mío a que le quitara el haba y lo dejo perfecto.

—Agárrate de las tejarras —le dijo Juan que ya había ajustado la cincha y el pretal y colocado la soga de lazos en la albarda.

Calixto se sujetó con los brazos extendidos para que Juan fuera poniendo leña hasta que cubriera el pico de la albarda y tirara la soga al otro lado. Entonces fijó un negro que encontró allí dejado por algún paisano y cuando colocó una cantidad igual a la que sostenía el compañero, amarró los lazos, rateo con la soga morisca, echó la sobrecarga y dio garrote.

La bestia de Calixto no alcanzaba la talla del burro de Juan, pero tenía buen tamaño. Era de un color entreverado entre pardo y blanco y un animal muy manso y dócil.

—Lo cuidas bien, se puede bañar con un buchito de agua. Como no tienes más preocupaciones —dijo Juan con sorna.

—Todos los días le doy su ración de higos pasados, que te crees —contestó Calixto obviando la precisión.

Cuando ya tenían cargados los burros, los echaron delante.

—Lo que me faltaba es que nos trabe Pedro el Guardamonte —dijo Calixto preocupado —ese cabrón ha quitado ya varias cargas de leña. El otro día trancó a Francisco Chorizo.

—¿No tienes licencia? ¡No jodas! Yo tengo la mía.

—Por no bajar a la Villa no la saqué. No me agradan los caballeritos esos del ayuntamiento.

—A mí tampoco me gustan mucho los del rabío, pero hay que estar a la ley, no hay otra.

Al llegar a las Cuatro Esquinas se despidieron.

—Por cierto, Calixto, ¿tienes algún retrato?

—No, solo uno con mis padres, que Dios los tenga en la gloria, y con mi hermano Eulalio de pequeños, ¿para qué lo quieres?

—Por si acaso aparece novia. Aprovecha ahora que en las fiestas viene al pueblo Amadeo el retratista.

—¡Coño, sigues con tus cosas!, pero bueno, burro ruin fuera pueblo tiene venta.

Juan ya había sembrado la semilla y Calixto se quedó con el recado. Aquel día hacía frío como corresponde a la época. A la mitad del camino la sorimba les empezó a calar, y cuando llegaron a sus casas el agua estaba enmaretada en los huertos.

Capítulo VI

Calixto, con el consejo de Juan Matacán runruneándole en la cabeza, aprovechó la fiesta a la Virgen de los Remedios para hablar con el retratista que había subido al pueblo como era de costumbre. Lo buscó en la procesión y se acercó a él.

—Buenos días, don Amadeo, necesito sacarme unas fotos.

—Para eso estoy aquí, como siempre señor —respondió el fotógrafo —mientras dispara su máquina de retratar sobre la Sagrada Imagen engalanada con flores frescas.

—Quisiera hacerlo en mi casa, en Las Rosas, si no es mucha molestia.

—Pues tendrá que esperar un momento; tengo un compromiso con una muchacha que quiere mandar una foto a su novio que está en Venezuela, y después vamos a lo suyo.

—¿Será la que se va a casar por poder?

—Supongo que sí, es la muchacha de traje amarillo que está sentada debajo de la bandera.

—Sí, es ella. Entonces, yo le espero en la cantina.

Cuando el fotógrafo terminó su compromiso fue al bar. Calixto esperaba impaciente. Sin demora se dirigieron al lugar para hacerse la sesión de fotos.

—Quisiera sacarme varias, unas de medio cuerpo y otras de cuerpo entero.

—Lo que usted me diga hago, esto es a gusto del consumidor.

—Voy a cambiarme de atuendo.

Cuando Calixto se puso una ropa despercudida que había preparado para la ocasión, salió al patio y dijo:

—Usted manda, señor retratista, ¿cómo me pongo?

—¡Bueno!, luce buen mozo así vestido.

—Eso pretendo.

—Voy a sacar primero las de cuerpo entero. Colóquese en esta esquina, para que se vea un poquito las espinas de cristo, que están floridas; se pone en pose de firme y luego se cruza las manos delante de su barriga, como quien no quiere la cosa, ya me comprende. ¿Entonces también tiene novia, por lo que veo?

—No señor, no tengo; ¿qué le hace pensar eso?

—La experiencia de tantos años dedicado a la fotografía, que ya uno sabe para qué las quieren, y me da que estas tienen por destino a alguna joven.

—Está bien encaminado, don Amadeo.

—Ya lo sospechaba. Traiga un taburete o algo para que se apoye y póngalo en el centro del callejón.

Calixto trajo la única silla de tijera que tenía y la colocó en el lugar indicado.

—Espero sus órdenes, señor.

—Apóyese en el respaldar con una mano, la otra la deja caer y mire hacia el horizonte.

Apretó el botón de disparo de la cámara Leker un par de veces y dijo:

—Ahora vamos con las de medio cuerpo. Para estas haremos unas con sombrero y otras sin él.

—Como usted diga.

—Bueno, ya está. Son dos cincuenta por cada foto. Dígame cuántas le saco y debe pagarme la mitad ahora y el resto cuando las retire.

—Está bien, sáqueme cuatro de cada una y calcule usted la cuenta para pagarle.

Amadeo sacó una pequeña libretita de notas y apuntó: Calixto 4/d/c=8 x 2.5=20 pesetas, y mostrándosela le preguntó:

—¿Qué le parece?

—Cada uno valora su trabajo.

—Así es, y esto es un oficio de artista.

Calixto entró en la casa, sacó el dinero y le pagó.

—Ahí tiene, cuéntelo.

—Confío en su palabra.

—¿Y cómo hacemos para recoger las fotos?

—Hay dos formas, esperar a que yo suba a la fiesta de la virgen de la Paz, o usted va a la Villa a retirarlas.

—Mejor será que yo las recoja, que tengo que ir a pagar la contribución la semana entrante.

—Ya sabe llevar un buen queso, porque si no, le hacen dar otro viaje, hágame caso.

—Sí, ya me han hablado del tal don Isidro. Algo le llevaré al caballero ese.

Cuando a Calixto le convino, preparó el viaje a la capital, fue a la casa del fotógrafo y le tocó la puerta.

—¡Dele más fuerte!, amigo, que está pal fondo y no le oye —dijo un señor que bajaba la calzada, con pinta de despistado y con las manos en los bolsillos sosteniéndose los pantalones que dejaban ver unos tobillos desnudos.

—¡Muchas gracias!

—Las tiene en su cara, caballero; es que él se levanta temprano, va a ordeñar y llega a esta hora.

—No sabía que tenía cabras.

—De algo hay que vivir. ¿Viene a recoger fotos? —preguntó el hombre intentando abrir conversación.

—Sí, a eso vengo.

—¿Para mandar a familiares que están en las Américas?

—Más o menos.

—Veo que no me quiere decir, pero no importa —aseguró el paisano acercándose más a Calixto.

—Las necesito para unos menesteres, señor.

—Su cara me parece conocida —dijo mientras lo observaba.

—No lo creo, soy de Azofa y además vengo poco. Yo soy hermano de Eulalio, el que despachaba en la tienda de don Felipe.

—¡Ahora... claro, ya decía yo!, usted es el comido por el hurón.

Calixto lo cruzó con la mirada, y para quitarse de encima a aquel belitre, golpeó fuerte la puerta en el mismo instante que se abría una hoja.

—¡Buenos días, don Amadeo!, vengo por lo mío y a pagarle el resto.

—Bien hallado, disculpe que no le había oído. Entre por favor, espéreme aquí.

El recibidor era angosto; contaba con una silla de ratán, un pequeño mueble de esquinera y sobre él una foto de la Virgen de los Reyes en blanco y negro enmarcada con madera noble. Las paredes llenas de fotos de bodas, luchadas y fiestas de los pueblos. Entretenido estaba Calixto mirando si conocía a alguien, cuando le interrumpió la voz del retratista.

—Aquí están señor; cuatro de cada, de medio y de cuerpo entero, como me encargó.

Abrió el sobre, sacó las fotos y observó una por una.

—¿Qué le parece?

—Si le digo la verdad, no salgo muy bien agraciado.

—¡Ay mi alma, sale como es!, ¿cómo quiere que le saque?

Calixto, con cara encabronada, metió la mano en el bolsillo, sacó el dinero que restaba, pagó y se fue.

Capítulo VII

Calixto fue madurando la idea del casorio. Necesitaba, sin aparentar demasiado interés, continuar con la conversa, más ahora que ya tenía las fotos, así que calibró el modo y la manera para coincidir otra vez con Juan.

Pensó que el momento oportuno sería la luchada que se iba a celebrar en el Llano. El Matacán era un fanático de la lucha, deporte que practicó con cierto éxito en su juventud, hasta que en una agarrada con el de la Levantada dio un mal jeito en el tobillo izquierdo que le hizo abandonar, a pesar de que el Pollo del Risco, curandero de la zona, lo intentó varias veces, pero no logró colocar bien porque la coyuntura se había engomado.

Calixto se acicaló, se puso su ropa de vestir: pantalón de caqui al juego con una camisa de manga larga, y se tocó con sombrero de indiano de lino rústico de color habano. La tarde era calurosa y el sol parecía estancado. Sacó la entrada que Matías, el delegado de campo, picó en la puerta y entró en el terrero de lucha ya abarrotado de público. Se deslizó entre los telones de saco y encontró un bloque de esquina muerta en el suelo donde se subió, permitiéndole conseguir una altura para observar todo el corro y localizar a su amigo.

Juan Matacán era un tipo tranquilo en su vida cotidiana, pero en las luchas se transformaba. Repetía los movimientos del luchador en brega, se contorsionaba, agarraba al que estaba a su lado como si estuviera fajando, y se convertía en un espectáculo cariñoso, por lo que, al ser conocido, cuando buscaba asiento en los corros entre risas y jarana, unos le negaban el sitio

¡Por aquí no te acerques que no quiero me metas un cango!

Y otros, para animar la fiesta, lo llamaban:

—¡Ven pa acá, que conmigo no puedes!

—No se preocupen, que tengo un dolor en el cuadril que me tiene baldado —respondía Juan.

Fue una tarde de lucha memorable. Dos equipos, uno capitaneado por él invicto Valentín Hernández y el otro por Marcelino Padrón un luchador de la zona. Los bandos eran parejos y de hombres jóvenes, entre ellos Tino el de Sabinosa, Camila, el Nieto del Chorizo, Juan el de Toribio, Óscar de Guarazoca, el de Perrachica, Quico Talega, Miro, Benigno, Daniel el de las Machinas y otros veteranos como Mito, Cándido el de Gonzalo, el de La Pedrera y Campiro.

Cuando el árbitro en el centro del terrero llamó a los capitanes, apenas se oyó un rumor. Le tocó sacar al equipo de Valentín y lo hizo con dos luchadores veteranos con la intención de ganar de manera sobrada. Por el otro bando salió Perrachica y Daniel el de las Machinas, ambos derribaron con agilidad a sus adversarios poniendo el marcador dos a cero. Entró en brega Pedro el Guardamonte, que impuso su poderío dando dos talegazos seguidos, al contrario. El viejo Francisco Chorizo, vestido con traje de dril rayado de gris y camisa blanca, que conoció al que había quedado en el corro, puesto en pie, exclamó:

¡Nieto, sale y tumba a ese cabrón que fue el que nos quitó la leña!

A la orden del abuelo, el luchador se puso en pie, salió al corro, y le pegó una cogida de muslo y traspiés a toque de pito haciéndole dar dos peninos, cayendo el Guardamonte con la cabeza entre las piernas de Desiderio el Marchante, que sentado escarranchado en la arena, al verlo allí reburujado, exclamó a carcajadas:

¡Coño, quedaste tendido como una calabacera!

Valentín Hernández no se imaginó que aquellos muchachos fueran capaces de tumbar a luchadores curtidos de la manera que lo hacían y para emparejar salió al corro. Con arte, maña, elegancia y respeto fue tirando contrarios hasta poner el marcador empatado a nueve, pero entonces Marcelino Padrón entró en brega. El silencio fue atronador. Juan el Loco, sentado también en otro extremo del terrero, alzó su voz entrecortada

¡Ahora sí, recoño, llegó la hora!

Cada cual se ajustó la faja y se remangó el pantalón. Saludaron al árbitro, primero lo hizo Valentín, y luego entre ellos con respeto. En ese instante, con un aplauso cerrado, el público recibía y reconocía que estaba ante dos grandes de la lucha canaria, dos luchadores íntegros, dos deportistas que salían a dar todo su arte con caballerosidad y estilo.

Cuando se tiraron mano a la espalda y sonó el pito, una revirona en seco dejó a Marcelino Padrón con el lomo en la arena sin apenas haber tenido oportunidad de mover un dedo.

—¡Ese es mi gallo! —gritó eufórico dando un brinco y poniéndose en pie Desiderio sin que le molestara para nada su voluminosa tripa.

—¡En el Norte hay muchas jabas! —se oyó entre la algarabía de los partidarios de Valentín Hernández.

El luchador caído fue hacia su equipo y se quedó de pie, cabizbajo. Mito y otros veteranos se le unieron para estudiar la siguiente agarrada. Cuando el pito llamó nuevamente al corro, el nieto del Chorizo se acercó y le dijo en voz baja:

—Échele la misma.

Marcelino lo miró extrañado y reparó en el consejo. De manera tranquila, pero tensa, salieron los dos contrincantes repitiendo la letanía del saludo y se colocaron en el centro del terrero.

—Agárrense y tiren la mano a la espalda —dijo el árbitro ajustándoles bien los hombros antes de que sonara el silbato.

Sin sacarse el árbitro el pito de la boca, Valentín estaba panza arriba en el centro del corro sin que Marcelino hubiera movido sus pies en la arena. Otra inesperada revirona sorprendió al puntal del Norte.

—¿Qué le pasó a tu gallo? —preguntó Juan el Loco alborotado.

—Un fallo lo tiene cualquiera —respondió Desiderio sin mover un músculo.

Después de lo visto, el público enmudeció y la preocupación reinó en el corro. Nadie imaginaba que Marcelino tumbara como había caído, con la misma maña y de igual forma. Ahora solo quedaba esperar a la tercera agarrada. Mientras luchaban los que estaban en silla, el vencedor se mantenía de pie y Valentín se encanijó pensativo.

Los aplausos del público los hizo salir al terrero antes de que el árbitro diera la orden, y guardando siempre las buenas costumbres, se saludaron, momento en el que Valentín abrazó a su contrincante, reconociendo con su gesto, que sin duda se estaba enfrentando a un gran luchador.

Agarrados de nuevo, ya fueron más recatados en sus movimientos. Ambos buscaban su posición favorita. Sabían que al mínimo fallo que tuvieran, su contrincante tenía los arrestos suficientes para darle en tierra. Marcelino adelantó su pierna izquierda para provocar el ataque del invicto rival, quien, a pesar de su gran conocimiento y veteranía, picó creyendo que era un despiste, y allá se fue con una potente chascona que fue recibida en el aire con una atravesada haciendo tular por el corro al hasta entonces invencible luchador.

Marcelino le tendió la mano al capitán vencido que tanto admiraba, y puestos en pie se abrazaron. Valentín levantó el brazo a su contrincante reconociendo su derrota ante los aplausos de un público entregado que agradecía la elegancia, deportividad y nobleza de dos luchadores. Después, Tino el de Sabinosa y Juan el de Toribio derribaron sin esfuerzo a los restantes, dándole la victoria a la selección que capitaneaba Marcelino Padrón.

Al terminar la luchada, Calixto buscó a su confidente amigo. Se acercó a un grupo de hombres que discutían sobre una agarrada que el árbitro había dado tabla y Juan, en el centro, oía los comentarios sin orden. Para sacarle de aquel berenjenal, lo invitó a tomar unos tragos en la cantina y comentar las muchas y buenas agarradas que se vieron y del arte de aquellos muchachos que empezaban a despuntar.

En la cantina, la única del pueblo, despachaban Cristino y su mujer Bernarda. Apenas te asomabas a la puerta, un intenso olor a humedad y tabaco de cigarros Cuarenta y Tres amarillos sin filtro, daba la bienvenida. La vista se opacaba ante una nube de bocanadas de humo que exhalaban con cadencia las bocas de unas figuras espectrales caladas en sus mantas negras traídas de Venezuela y sus cabezas tocados con boinas unos, y con sombreros de ala corta, otras. Era un espacio cuadrado con suelo de mosaico de colores, lleno de cáscaras de manises que producía un ruido estallón al pisar sobre ellas. Un mostrador con forma de "L" frente a la puerta, casi siempre emparejada, para evitar la brisa del norte. Una ventana pequeña, comunicaba el bar con la panadería, también la única del pueblo. Cuatro mesas cuadradas de ochenta por ochenta de granito compacto con puntitos de tonos verdes, negros y amarillos y bancos de madera de pino, era el mobiliario. En las paredes colgando, viejos almanaques amarillentos con figuras de cabareteras semidesnudas que era lo realmente valioso, no el calendario.

En cada mesa cuatro hombres jugaban al dominó. El bullir de las fichas mientras se removían al azar, y el golpe seco en el falso granito al colocarlas era todo. Si a cualquier mirón se le ocurría comentar alguna jugada, la respuesta era la misma:

¡Los de fuera, como trancas!, que este juego lo inventó un mudo.

Toñino, el borrachín del pueblo, cuando se tomaba media docena de aguardientes bien servidos, maladitos con unas gotitas de anís El Mono, que era como le gustaba, se quedaba clisado mirando para los viejos almanaques y con adoración divina exclamaba:

—¡Son las mujeres más guapas que he visto en mi puta vida!, la pena es que son madames ligeras de cascos.

—¡Confórmate con esas, porque no verás ninguna otra mientras Dios te dé resuello! —le decía Cristino —desparramando unos manises en el mostrador.

Se calculaba que Toñino, antes de pasarse al aguardiente de parra que lo mató a los cuarenta y cinco años, se había tomado más de veinte mil litros de vino, teniendo en cuenta su edad y la fecha temprana en la que empezó a beber. Un día por otro, se acostaba con tres botellas entre pecho y espalda.

En la puerta de la cantina, los chicos mayores se asomaban a regoler, y por fuera se amontonaban los pequeños esperando que salieran los hombres, casi todos fumadores, para pedirles los cromos de luchadores de las islas que traían las cajetillas de cigarros.

—¿Me da la estampa?

—¡Ya se la di a otro!

—¡Mierda!

—¿Qué has dicho, muchacho?

—¡Nada!

—Estos almemierdas no respetan a nadie. ¡A dónde irá a parar este jodido mundo!

Calixto invitó al amigo con un par de corridas de vino con sus enyesques sin mostrar interés por la posible coyunda, y fue Juan, cuando se despedían, quien le preguntó:

—¿Has pensado en lo que te dije?

—No sé de qué me hablas, Juan —respondió con pinta de desmemoriado.

—Si hombre, hace meses te pregunté si te busco novia, ¿no te acuerdas?

—¡Coño, vuelves con la machangada! Si supieras que ya me saqué los retratos—dijo como si fuera guasa.

—Deja la güevonada, porque barrunto que lo has meditado.

—¿Quieres que te diga la verdad?, sí, no se me va de la cabeza. Es muy jodido vivir como yo, y no me arregosto a la soledad, y tener una compaña no viene mal; y por mi aspecto no estoy para ponerme remilgoso.

—Me alegra saberlo. Lo haces bien. Ahora quiero hablarte de una mujer, no sé si tienes prisa; yo como estoy medio prendido con los lingotazos que nos echamos, el tiempo me da igual y los animales los dejé arranchados.

—Ya que estamos, cuenta, porque también quiero salir de este batifondo —respondió Calixto- comenzando a ilusionarse.

—Hablando como hombres, tengo vista a una muchacha que pienso, te interesa. Tiene buen porte, con una herencia considerable y no es melindrosa. Conviene también que sean un poco ricas, desahogadas en la economía, que ayuden a los gastos de la casa, y tú, que no eres ningún hadario, no van a tener problemas para criar a los muchachos. Ya sabes el adagio: "mujer, hurón y perro de caza, hay que buscarlas de buena raza".

—¡Coño, ni la he visto y ya la hiciste parir!

—No lo eches a jarana, que en el momento menos pensado apareces preñado.

—Me pregunto, si es guapa y rica, ¿cuál es su defecto? ¡Porque alguno tendrá, digo yo!

—Según y como se mire. Yo no le veo falta, eso dependerá de ti.

—Dime, a ver si me aclaro.

—El asunto es que la mujer está recién parida.

—¡Carajo Juan, vaya taponazo me acabas de dar!, ¡coño, eso es lo primero que se dice, no es asunto menor! Ya me imaginaba que el recado traía paquete —balbuceó mientras daba vueltas en el callejón confundido por la noticia.

-Eso es lo que hay. Cuando te lo dije apenas se le notaba, pero el tiempo ha pasado y tú no te decidías y todo bicho preñado pare. Ahora piénsalo y me dices y si lo ves bien hablaré con ella, porque igual no quiere. Tendré que ponerle en conocimiento que hay un hombre interesado. Estas cosas son complicadas, como puedes imaginar.

—Ya veo que tiene sus vericuetos. El hecho de estar parida me ha cortado un poco, pero ya sabes, ¡burro que no se conoce, no se albarda!

—Esas cosas pasan Calixto. Esta chica es de buena familia, quedó preñada y nadie sabe de quién, porque nunca lo ha dicho; parece que fue de un cabrón cura, pero a ciencia cierta, no lo sé. No ha estado criticada como otras, que se han casado después de haber repartido el cosellamo y las ves por ahí que no mean gota. Un mal paso lo tiene cualquiera.

—Algo habría de tener para casarse conmigo —dijo pensativo —Pero si el problema es una cría, me hago cargo de la vaca y de la becerra, no queda otra. ¿Y cómo hacemos para hablar con ella y saber qué piensa?

—Tengo que ir a casa de mi hermana la semana de arriba y la veré. Te aconsejo que le escribas unas letras haciéndole saber tus intenciones, y le acompañas un par de fotos. Yo le hago entrega y te aviso.

—¿Una carta, y que pongo? Soy incapaz de escribir una línea. ¡Me lo pones jodido!

—Busca a alguien que sepa. Yo de palabrería me defiendo, pero esto es otra cuestión, y una carta de amor es un asunto sublime, muy complicado. Hay que poner palabras bonitas que no digan nada, pero a su vez que parezcan que sí dicen, y eso conmigo no va. Habla con el maestro, he visto escrituras hechas por él y maneja bien la pluma.

—Con ese tipo no tengo confianza, y dicen que está medio loco, y esto requiere un poco de secreto. Hablaré con mi padrino el Picapleitos, que para palabras finas nadie le gana.

—Haz lo que quieras, pero me la traes, porque hay que arreglar el negocio sin perder tiempo.

Capítulo VIII

Una tarde chubascosa ya pardeando, Calixto visitó al padrino Lalo el Picapleitos, así llamado porque se ganaba la vida como procurador de los tribunales, a contarle su decisión de casarse y las circunstancias de la situación.

Hablar de una mujer que no conocía, que además estaba parida, que ni siquiera sabía cómo se llamaba y, que, a pesar de todo, quería llevarla al altar, no era sencillo.

Lalo, sentado a la vera de la lumbre, guareciéndose del frío, oyó ladrar a Futuro, un perro negro, rabón, mezcla de presa con lobo, muy arisco y entecado como un cangallo, que cuando olfateaba gente aullaba de miedo. Solo era bueno para espantar a los cuervos que andaban sitiados al nidez de las gallinas. El ladrido de Futuro era señal inequívoca de visita, así que esperó a ver quién era.

—¿Se puede entrar?

—¡Alónguese que le vea!

—¡Padrino!

—¡Vaya sorpresa!

—¿Cómo está?, écheme la bendición.

—¡Qué Dios te bendiga y te libre de todo mal! —dijo el Picapleitos haciendo la señal de la cruz con la mano derecha desde la banca de sabina, donde permaneció sentado.

—Cuanto tiempo que no le visitaba, estando tan cerca.

—Así es, aunque nada malo ha pasado porque las desgracias caminan solas.

—Por suerte no hay contratiempos.

—Me alegro mucho, que bastante se ha pasado en esta vida. Fue muy dura para tus padres. Yo sigo con mis achaques de renguera. ¿Y qué te trae por aquí?

—Cuídese, es muy jodido quedar entrevado, más pa un hombre viejo que vive solo. Vengo porque necesito un menester y acudo a usted por ser un hombre instruido y no me gusta buscar a nadie ajeno que me ayude ya que se trata de un asunto que tiene su enjundia.

—Ya me dirás ahijado.

—Es que me quiero casar.

—¡Carajo, eso es una buena noticia!; la mejor que me podrías dar. Dijo el poeta Machado: "Dicen que el hombre no es hombre mientras no oye su nombre de labios de una mujer" y a ti te falta poco.

—¡El que sabe con poco tiene! —dijo impresionado Calixto ante la frase poética de su padrino —pero espere, que hay una complicación. Resulta que yo no conozco a la mujer ni ella a mí, ni nunca hemos hablado.

—¡Carajo!, entonces ¿cómo me dices que te quieres casar?

—Porque necesito una mujer. Y hay más cosas, padrino.

—Pues dímelas todas de una vez, que me tienes en un temblor.

—Que parió de otro, y nadie sabe quién es el cabrón que la preñó.

—¡Mierda! Menos mal que me cogiste sentado, porque si no estampo redondo, y ¿cuál debe ser mi cometido en esto?

—Escribir una carta de amor haciéndole saber que estoy interesado en conocerla, y si se aviene, casarme.

—Menudo trabajito me pides Calixto. No creas que es fácil redactar una carta con ese fin, y con esos pormenores que me dices, se presenta complicado.

—Yo me acordé de usted porque está acostumbrado a mucha palabrería, y sin lugar a dudas aquí se ameritan y yo no las tengo.

—No solo palabrería, necesito algo más que tu no comprenderías. Dame el nombre por lo menos.

—Si quiere que le diga, no lo sé.

—¡Coño, qué jodienda!, ¿ni cómo se llama sabes?, pensaba que no eras tan velillo. Me da que vas a recibir un rebencazo.

—No se enfade, esto me lo está llevando Juan Matacán, que es un buen casamentero.

—Eso dicen, pero por si acaso recomiéndate a San Antonio. No creo que haya encontrado un caso igual, así que no vendrá mal un poco de ayuda divina. Veré lo qué puedo inventar. Vente en un par de días.

—¡Gracias padrino!, ya se lo pagaré. Pal lunes si Dios quiere vuelvo, así tiene más tiempo para pensar lo que va a escribir.

El Picapleitos quedó sentado al calor de la llama del fuego que mantenía viva con chiriviscos entre los teniques, cavilando en la dificultad del encargo.

Aunque en el pueblo lo tenían por un tipo culto, porque utilizaba media docena de palabras raras típicas de los juicios de faltas, carecía de dotes para la redacción, limitación que no podía demostrar por una simple carta de amor coyuntural. Se levantó de la banca, cogió una hoja suelta de un legajo que don Inocencio le había entregado en el Juzgado aquella mañana, y se puso a escribir:

"Querida señorita de mi más distinguida consideración:

Solo Dios, en su inmensidad, conoce la alegría y satisfacción que tengo por dirigirme a usted, a quien admiro y respeto, con esta epístola, haciéndole saber, de antemano, mis nobles sentimientos.

El destino divino ha querido, y por ello imploro al Altísimo, su comprensión por esta forma de manifestar mi más sincero sueño, y anhelo ser correspondido, y así iniciar un camino apasionante, que le dé luz a una vida triste.

Entendería su extrañeza, y soy merecedor por mi indecoroso proceder, de ser olvidado e incluso despreciado, pero si fuera correspondido sería la felicidad absoluta, la que solo se tiene en la gloria eterna, la que recaería sobre este humilde servidor. Con esa esperanza me despido agradeciéndole su atención.

Siempre suyo, Calixto".

Pasó el texto con buena caligrafía a un papel blanco y esperó. El lunes, con el sol a medio cielo, Calixto llegó a la casa del padrino para recoger el encargo.

—Aquí la tienes. No pude hacer otra cosa, creo que si la lee entenderá.

—Gracias padrino, que Dios se lo pague porque por mucho que yo le haga, nunca le podría pagar este favor.

—No será pa tanto, hombre, quédate tranquilo.

—De esta carta depende mi futuro.

Leyó la carta, y aunque no la entendió, sí le pareció muy bonita, sobre todo la frase: "Querida señorita de mi más distinguida consideración".

Juan Matacán debía entregar la carta en mano, para observar la reacción de la destinataria al recibirla y leerla, y, sobre todo, al contemplar las fotografías, porque como experto en asuntos de matrimonios, conocía por el semblante, los gestos y la mirada, si la requerida era ávida al negocio o, por el contrario, lo rechazaba, e incluso en este caso, si era contundente o daba posibilidad a seguir insistiendo.

Capítulo IX

Juan Matacán, con la carta de amor en su poder, intuyó la seriedad del asunto y supo que el éxito o fracaso del casorio recaía en sus habilidades. Organizó el viaje, se mentalizó en su papel, y estudió la estrategia en la que tendría que involucrar a Caridad y a su sobrina, dadas las estrechas relaciones de amistad y cariño que mantenían con la codiciada por haberla acogido en el momento más triste de su vida.

Madrugó para llegar temprano a la casa de su hermana y preparar el amaño. Sabía que Teodora, después de la muerte de sus padres, vivía con su hija, y esta circunstancia era favorable a su plan. Conocía que por parte de don Saturnino, si tenía parientes, lo desconocía, y que su madre era hija única, como lo fueron sus abuelos, siendo los familiares más cercanos unos choznos con los que nunca tuvo relación.

Caridad se levantó temprano y andaba entretenida preparando un agua de cebada tostada para revolver con gofio recién molido y desayunar, porque aquella noche soñó con sus padres difuntos y aquel desayuno le traía recuerdos de su vida temprana en los días calurosos del mes de julio, cuando oyó abrir la puerta y entró su hermano Juan de repente.

—¡Ay mi madre!, casi me da un sofoco. ¡Tus andas chiflado!

—¿Qué pasa mamá, algún ratón? —gritó Carmelina desde la habitación.

—¡Nada sobrina, que asusté a tu madre!

—¡Jesús la chuscada!, qué bandido eres, sin avisar; vaya sorpresa nos has dado. Como andan por ahí los escondidos, pensé que era alguno de ellos.

—Tampoco pasa nada mujer, unos son parientes por los Acosta. ¡Oh, preparando el desayuno de cuando éramos chicos! —dijo sorprendido.

—Creo que barruntaba algo, porque hace mucho tiempo que no como esto, y hoy me dio la apetencia.

—Prepara para mí que vamos a recordar aquellos años. Si quieres que te diga, desde que me casé, más nunca lo he comido.

—Haga para tres, así yo también lo pruebo —dijo con curiosidad Carmelina.

Caridad puso más agua en la olla y mientras hervía, picó queso fresco y sacó el gofio para mezclar. Entre tanto, Carmelina ponía la mesa. Al terminar de desayunar, le preguntó la hermana.

—¿A qué has venido?, porque leña tengo todavía y que yo sepa tú no das puntada sin hilo.

—Veo que me conoces. Vengo a entregar una carta.

—¿No me digas que le encontraste novio a Teodora?

—Pues sí, tal como hablamos; y el hombre está en serio.

—¡Están locos! —exclamó Carmelina levantándose de la mesa.

—Nada de eso, sobrina, le daré una carta de un hombre y ella decidirá lo que quiera. Le hablaré de él si me pregunta, y si llegan a un acuerdo se casarán y vivirán juntos, igual que otro matrimonio cualquiera.

—¿Quién es él, hermano?

—Calixto.

—¿El comido por el hurón?

—Sí, ese mismo.

—¿Qué le comió un hurón?, cuéntenme por favor —preguntó

alterada Carmelina.

—No hay mucho que contar sobrina. Cuando era un niño de cuna, un hurón que se le escapó a un vecino, le mordió en la cara y se ha compuesto. Es un hombre de trabajo, no es ningún sanaca.

Después de apurar las escudillas, convinieron en invitar a almorzar a Teodora, y durante el almuerzo, moldear la situación para que, por lo menos recogiera la carta, y, sobre todo, la leyera y viera las fotos que la acompañaban.

Caridad preparó una ropa vieja con un trozo de carne de cochino que trajo su hermano, y colocó la mesa. Carmelina se entretenía barriendo y adecentando las flores del patio. Juan, que acompañaba a su hermana en la cocina, rumiaba la componenda.

A la hora señalada, la invitada llamó a la puerta. Carmelina salió ligera.

—¡Hola, Teodora!, ¿cómo estás? Déjame que cargue a Nicolina —dijo con una amplia sonrisa sabiendo el asunto que le tenían preparado.

—Gracias. Ya me pesa, está creciendo y engordando rápido.

—Eso veo, es muy linda tu hijita, ¡qué Dios te la bendiga!

—Amén, Carmelina.

—Pasa, que mi madre está en la cocina.

Teodora cruzó el pequeño zaguán, y encaró con Caridad que estaba en la puerta.

—No te abrazo porque te mancho, estoy hecha un desastre de pelar las papas de hoyo llenas de tierra.

—No se preocupe, señora Caridad.

—Entra para que conozcas a Juan, ¡mi único hermano!, que creo que la otra vez no tuve tiempo de presentártelo.

—Buenos días, señor. Sí, mis ánimos en aquel momento no eran buenos, así que le pido disculpas por mi comportamiento. Aquí le nombran mucho. Son, sin duda, una gran familia.

—Bienvenida Teodora, nada que disculpar, más bien agradecer por tener la oportunidad de conocerle. También me han hablado de usted.

—Me temo que no muy bien señor, dijo consciente de su situación y bajando la mirada.

—Nada de eso, me dicen que es un ejemplo de mujer templada y fuerte, goza de buena salud, tiene una hijita hermosa y abundante herencia, ¿qué más quiere?

—Me halaga usted con sus comentarios, señor Juan.

—Es que mi hermano es muy zalamero.

—Ya me he dado cuenta ¡Ja, ja!

—Ya estamos todos, y la vianda en la mesa, vamos a comer, dijo Carmelina.

Las cosas fluían a conveniencia. Teodora era elegante, afable, habladora, risueña, nada que ver con la muchacha hundida en la miseria que vio la primera vez. A simple vista, era mucha mujer para Calixto, un sujeto de buenos principios, trabajador, pero que se volvió terco después del altercado con El Picha, y que su aspecto, para quien no había estado en contacto con él, producía cierto repudio. No era feo, era un hombre diferente. Por un momento, Juan Matacán dudó de seguir adelante con su estrategia de entregarle la carta de amor. Un mal presentimiento le dejó paralizado, percatándose de ello su hermana en un cruce de miradas.

—Disculpen que me levante un momento, tengo un deber —dijo Juan- dirigiéndose al baño.

—Espera, hermano, que vaya delante para recoger algo que se me olvidó.

—No sé qué coño me ha sucedido —dijo Juan en el baño mirando a su hermana —pero me pasó por la cabeza que una vida negra acecha a esta pobre mujer si se casa con Calixto. Ya me ocurrió cuando el casamiento de Los Tullidos, ¿te acuerdas de aquella desgracia?

—¡No me lo recuerdes! No sé qué decirte. Ella es una mujer inteligente y sabrá discernir su decisión. Igual cambia a Calixto. Conoces bien el poder de las mujeres. Mira cómo te ha ido con la tuya, porque tú bastante que calasiaste.

—Verdad es.

Sentados de nuevo en la mesa, Carmelina y Teodora vigilaban a Nicolina que jeringaba una gata parida y hablaban de los avances de la niña y de lo tranquila que era en las noches.

—¿Usted vive sola con su muchacha? —preguntó Juan ya en su papel.

—¡No me diga usted!, por favor, podría ser su hija. Sí, desde que murieron mis padres, vivo sola con mi niña y la compañía de esta familia que también es la mía, y de un pajarito capirote.

—Sabes Teodora, que esta es tu casa —dijo Caridad apretándole la mano.

—Tú dirás que no me importa, pero ¿cómo haces para administrar la herencia que te dejaron tus padres? —preguntó Juan.

—Pues no me preocupa mucho. Las fincas las he devuelto a sus dueños anteriores por unos precios muy bajos y solo dejé la hacienda Los Dares y allí hay a un medianero con quinientas cabras y con eso tengo para vivir. Yo no soy muy gastona.

—Visto así, tienes razón.

—Ya le he dicho que se busque un marido, estampó Carmelina con cara de despistada.

—¡Niña, más respeto! —exclamó Caridad.

—Ja, ja, no se preocupe, ya lleva días con esa cantinela y no me molesta; yo soy una mujer soltera, al fin y al cabo.

—Es lógico, dijo Juan, medio perdido en su papel. Claro que un matrimonio bien avenido, puedo hablar por mí, es una bendición de Dios; yo no podría vivir como lo hago si no fuera por mi querida y adorada esposa.

—Yo de mi difunto marido no tengo sino buenos recuerdos —dijo Caridad secándose una lágrima —pero la vida es traicionera a veces, y Dios se lo quiso llevar pronto con aquel aire malo; lo privó de su existencia en plena juventud, dejándome con esta muchacha chiquita, que si no es por mi hermano no se guarece.

—¡Por Dios mamá!, no se vaya a poner así, de eso hace veintidós años.

—No, hija, hablamos de lo bueno que es el matrimonio cuando es bien avenido.

—También lo he pensado, dijo Teodora, pero claro, mi situación ya la conocen. Al fin y al cabo, soy madre soltera y eso no se ve bien en esta Isla. Así que no soy la primera ni seré la última que criará a su muchacha y pediré al Altísimo que tenga más suerte que yo.

En aquel instante de la conversación, Juan Matacán supo que tenía que crearle la esperanza de que pudiera haber alguien interesado en su amistad, y dijo:

—No, Teodora, lo que te sucedió no es ningún delito por el que tengas que pagar pena toda la vida. Ya lo dijiste, ni eres la primera, ni serás la última mujer en tener una relación así. Hay muchas iguales o peores, que se han casado y han vivido felices, por lo tanto, no des por perdida la posibilidad de conocer a alguien con quien congeniar.

—No me niego, señor Juan, si llega llegó; lo que digo es que no lo voy a buscar. Yo no tengo vida, lo sabe Caridad y Carmelina; estoy en mi domicilio; voy a la iglesia y al cementerio todos los domingos, y visito esta santa casa que me recibe con los brazos abiertos y así es muy difícil de encontrar novio.

—Anda, nunca te había visto así de lisonjera —le espetó Carmelina con mirada picarona.

—Para eso estamos los amigos también, ¿verdad hermana?

—Mira si por Azofa consigue a alguien, y comemos boda —estampó Carmelina soltando una carcajada confidente.

—Mi hermano es un gran casamentero, para eso tiene mucha labia —terció Caridad.

Juan, sin darse por enterado del último comentario, pues aún le albergaba la duda, se hizo hacia atrás en la mesa, ojeó con parsimonia su reloj de bolsillo, un rosco patente que heredó de su finado padre, y exclamó.

—¡Coime, mira la hora que es! Me voy marchando que la tarde está entreverada y poniéndose oscura.

—La verdad es que la sobremesa fue larga y muy satisfactoria —dijo Teodora—. Agradezco me hayan invitado y poder conocer a su hermano. También me voy para bañar a Nicolina que duerme temprano.

—Entonces, ¿me llevo el encargo de buscarle novio? —preguntó Juan con cierta retranca.

Teodora se despidió con una sonrisa inocente. Todo podría suceder. Juan recogió sus avíos y antes de salir, le dio la carta a su sobrina para que se la entregara cuando se cumplieran ocho días, regresando a su hogar satisfecho del tono en que trascurrió la conversación, si no igual a como lo había calculado, sí con visos de posible encuentro entre los implicados. Calixto, por su parte, esperaba el recado con vacilación.

Juan llegó a su casa con la noche cerrada, y en la entrada del callejón Calixto le dio un saludo.

—¡Coño me asustaste!, mira que el tiempo no está para sustos.

—Lo sé Juan, pero no podría dormir sin saber cómo te fue.

—Lo entiendo, voy a amarrar la bestia en el pesebre y a decirle a la mujer que ya llegué, pa que esté tranquila. Espérame en el alpendre.

Juan hizo sus menesteres y fue a contarle a Calixto cómo había ido el encuentro.

—No sé qué decirte, no le di la carta.

—¡Ya me lo barruntaba!, tanto trabajo pa nada! Mira que confié en ti, porque eres el culpable de que me haya ilusionado. ¡Todo se fue al carajo!

—Espera amigo antes que sigas, que te veo embalado. Hablé con la mujer, tratamos el asunto, y la noté propensa, pero me cortó la acción el devenir de la conversación, así que le dejé la carta a mi sobrina para que se la entregue.

—No es lo mismo. Yo creía que me darías una noticia cerrada ¡o sí, o no!, pero ahora quien está preñado soy yo, y mejor será dejar tanta payasada.

—¡Coño, no seas temoso!, que te conozco, espera un intre. Estas cosas hay que tratarlas con mucho tiento. La vi bien, y en la conversación dijo que no buscaba hombre, pero si llegaba lo iba a meditar, y eso es buena posición para empezar, es lo que yo quería oír —le respondió Juan tratando de calmarle.

—Sí, claro ¡si llega un hombre!, y cuando vea los retratos se echará a reír. Yo quería que estuvieras allí para ver su semblante.

—Si opinas así, ¿pa qué coño llegamos a esto?; mañana seguimos hablando. ¡Me estás encabronando!

—Como quieras Juan, pero compréndeme, ¿tú que crees?

—Calixto, te comprendo, yo soy baquiano en estos asuntos, y mi opinión es que puede ser que sí.

Capítulo X

A Carmelina le ardían las manos con aquella carta. Su curiosidad por saber qué decía y, más aún, por ver la reacción de Teodora cuando la recibiera la reconcomía las entrañas. A los ocho días justos fue a cumplir el encargo y con el sobre debajo del sobretodo de lana canela que le había dejado su madre para que se cubriera la cabeza de la llovizna, fue a la casa de la destinataria y se encontró con la puerta abierta, y mientras entraba llamó.

—¡Teodora!

—Estoy en el patio—respondió.

—Aquí vengo a visitarte, ya que hace una semana que no pasas por casa.

Teodora, al verla, advirtió un comportamiento extraño en Carmelina y la abordó sin más.

—¿Sucede algo?

—Por qué me preguntas

—Te veo recelosa, impaciente. Siempre que vienes abrazas a la niña y hoy te veo con las manos encogidas como si tuvieras calentura.

Carmelina descompuesta, no supo reaccionar ante el comentario y sin pensarlo dos veces sacó la mano de debajo del sobretodo y le dio la misiva.

—Toma, esto es lo que me pasa.

—¿Que me das? —preguntó extrañada Teodora

—Lo que ves, una carta que mi tío me dejó para que te entregara. Como comprenderás no sé lo que dice, así que si te interesa ábrela y léela.

Teodora, confundida por la actitud de su amiga que seguía nerviosa, la miró y se quedó sentada un rato sin saber qué hacer.

—¿La vas a coger o no?, no voy a estar toda la tarde con la carta en la mano y tú mirando para los celajes.

Teodora se levantó, tomó en brazos a la pequeña Nicolina y entró en la cocina, dejando a Carmelina en el patio con el encargo en la mano. Le vino a la cabeza la última conversación que tuvieron referente a la búsqueda de un novio que echó a guasa, no más allá de un comentario hilarante y jocoso en un almuerzo divertido, pero de ahí a pensar que aceptaría que Juan Matacán le buscara un pretendiente, era un insulto que no podía dejar pasar por alto.

—Carmelina, ¿me quieres decir que machangada es esta? Si es lo que estoy suponiendo, no te creo capaz ello, y si está la mano de tu tío, dile de mi parte, que bromas las justas.

Carmelina afectada por la reacción descortés de su amiga, se levantó y armándose de valor fue hacia la cocina.

—¡Mire mi hermana, no sé qué machangada es! A mí me pidieron que te entregara esta carta y aquí te la dejo. ¡Ahora puedes hacer con ella lo que quieras!, dijo violenta, tirándola en el poyo de la cocina.

Las dos, escudriñándose, se quedaron mudas y tensas, por lo que Carmelina decidió volver a su casa y contar a su madre el percance. Caridad al oír la historia se sonrió.

—Es normal que haya reaccionado así. ¿A ti te gustaría que te busquen un novio?

—¡Yo no estoy parida como ella!

—Eso no es ningún problema.

—Pero tú estabas de acuerdo con que mi tío le buscara un hombre en el pueblo.

—Bueno, yo le seguí el juego porque a él le gusta el chisme, pero a las mujeres nos agrada escoger a nuestras parejas. De todas maneras, tiene la carta, la leerá y va a pensar en lo que diga.

—Es que también tenía unas fotos del hombre, y si es tan feo como dicen ustedes, era bueno ver qué cara pone al verlas

—Déjala que las vea sola. "Confía en el tiempo, que suele da dulces salidas a muchas amargas dificultades". No se quien dijo esto, pero tiene mucha razón.

—Lo dijo El Quijote, mama.

—Anda que culta, y yo que pensaba que la escuela no había pasado por ti.

—Pues ya ve que sí.

Caridad tenía razón, nada más había que esperar. Doce días pasaron en aquella zozobra. Era un sin vivir hasta que un día, en horas tempranas, porque el sueño no brotó en una noche llena de barruntos y presagios en la cabeza de Teodora, sonaron tres golpes fuertes en el yunque de la entrada.

—¡Mamá, están tocando!

—¡Ya voy!, a ver que tripa se ha desatado.

Caridad fue hacia la puerta, dio dos vueltas de reversa a la llave y quitó la retranca que para más seguridad colocaba todas las noches. Cuando la abrió la cara de Teodora estaba allí, justo de frente, mirando con sus ojos redondos y sus facciones tensas.

—¡Por Dios, entra! ¿Qué desgracia pasó? Nunca te he visto así.

—Solo quiero hablar con usted y me voy. Como puede comprobar, no estoy para tertulias. Hace doce días Carmelina me llevó una carta de parte de su hermano Juan y me pareció una falta de respeto hacia mi persona en las circunstancias que usted conoce y vengo a devolverla.

—Ven y siéntate, por favor. Tienes razón, como mujer no te la puedo quitar. Lo normal es que una pareja se conozca, vean si hay complicidad entre ambos y eso es muy bonito, lo más lindo es notar como nace y crece el amor entre los dos, pero te aseguro que mi hermano nunca ha querido hacerte daño. Ya tú lo conoces, y tal vez por las conversaciones que hemos tenido sobre tu situación, haya pensado en algo que ha hecho en varias ocasiones.

—Me va a permitir que deje la carta aquí y usted la devuelva a su remitente. Estoy sufriendo mucho por esta situación y no quiero estropear nuestra amistad.

—Te comprendo. La entregaré a mi hermano, pero es muy feo devolverla tal como te la dieron, creo que debes leerla, y si lo que dice te resulta insultante se va por donde vino. Así que léela por favor. Yo mientras voy a hacer un poco de agua de hortelana.

Teodora se apaciguó, vio razonable el consejo y con el sobre todavía entre sus manos temblorosas, lo fue despegando por las solapas para evitar romperlo hasta sacar un papel escrito, con buena letra, vio dos fotografías que dejo dentro, y se sentó. Caridad mientras, con el disimulo de estar haciendo la tizana, a reojo observaba la reacción. Un suspiro profundo de Teodora le permitió intervenir.

—¿Algún problema?

—Pienso que sí.

—Tú dirás.

—Estoy muy nerviosa. Es muy correcta la carta, respondió Teodora metiendo los dedos en el sobre y sacando dos fotografías, una de medio cuerpo y otra de cuerpo entero ¡Oh…uf…! no sé…. es que…!

—¡Creo que te va a dar algo ¡Respira, por favor!

—¡Carmelina, acude ¡—gritó Caridad.

Carmelina vino despavorida, porque si bien no oía todos lo que estaba pasando, si era lo suficiente para tener una idea de cómo iba la cosa.

—¡Dígame! —dijo dando a entender que no sabía de la visita —¡Teodora que tienes! Voy a traer un abanico.

Carmelina, mientras abanicaba, tendió la vista y vio las fotos sobre la mesa y miró a su madre asombrada como preguntando: ¿qué es esto?

—Ya está, leíste la carta y viste los retratos Ahora si tienes razones para hacer lo que quieres, devolverla o tener una cita.

—Estoy muy confundida, no puedo decidir nada con cordura. La cabeza me estalla con tantas sensaciones encontradas.

—Me hago cargo —dijo Caridad —estás decidiendo si sigues sola o en pareja, si envejeces sola o con un confidente. Yo, por lo que sé, es un tipo trabajador y serio, y lo que ves fue producto de un accidente que le ocurrió cuando apenas tenía días de nacido.

—Pobrecito. Tiene que contarme para saber la historia.

Caridad apreció en aquella expresión de cariño, cierta docilidad e interés en conocer a Calixto, y entre sorbos del agua de hortelana, le contó la triste historia del hurón de la manera más conmovedora que pudo. Al finalizar, las tres se limpiaban las lágrimas de la pena que debió dar el ver a un recién nacido siendo pasto de una fiera ensanguinada, y más, imaginando como habría sido la vida de un joven apenado por no lucir su rostro sin causar curiosidad en la gente.

—Caridad, crúcele un recado a su hermano de que me gustaría conocer a Calixto.

Cápitulo XI

La cita fue bien hilvanada y la conversación transcurrió con normalidad a pesar de las circunstancias que rodeaban a ambos, y convinieron seguir viéndose de manera esporádica y casi ocasional. Había transcurrido un tiempo prudencial, cuando Calixto, no apreciando ningún atisbo de rechazo por las secuelas de la mordida del hurón, se sentía más seguro de sí mismo y se fue ofuscando por la relación, comenzando entonces a visitarla con más frecuencia, no sin antes pedir consejo a Eulalio y con la mirada atenta de Juan Matacán.

Ya con la anuencia del hermano y de su amigo, Calixto no necesitaba más para dar el paso definitivo y convencido de que la respuesta sería favorable, se envalentonó. Él se sentía feliz, animado, necesitaba una mujer y Teodora, a pesar de estar parida, servía para calentar la cama en las noches frías de Azofa y, ya había comprobado que sabía guisar, por lo tanto, la decisión estaba tomada. Le pediría casorio.

Con el comienzo de la primavera decidió visitar a Teodora y plantearle sin más el asunto. Por el camino recogió flores silvestres, que le parecían más vistosas, e hizo un ramo bastante colorido, aprovechando la generosidad del campo en esa época. Golpeó la aldaba y escuchó el balbuceo la pequeña Nicolina en el pasillo del zaguán y deseó no haberlo oído. Cuando se disponía a tocar por segunda vez, se abrió la puerta y Teodora, ante la sorpresa de la visita aparentó rutilante. Calixto quedó extasiado.

—¡Eh… despierta, no sigas ahí como un pasmarote, y entra!
—Disculpa mujer, iba a tocar otra vez.
—Me pareció oír que habían tocado, pero como la niña anda ya haciendo sus chanzas vine a comprobar y me gustó encontrarte en la puerta. ¿Quieres tomar algo?
—No te preocupes, yo siempre desayuno fuerte. Mi madre decía que era la principal comida del día y yo le hago caso, aunque esté muerta.
—Eso habla bien de ti, de tus buenos principios, de que eres un hombre con fundamento.
—Mis padres nos educaron en nuestras costumbres y yo procuro cumplirlas, me parece que si no las hago me están viendo desde el cielo, o de donde estén.
—A mí también me educaron igual, pero la vida a veces se tuerce.
—Si, ya veo, dijo Calixto mirando a la niña de reojo, quedándose cavilando.
—¿A qué has venido, a hacer algún recado o a visitarme?, preguntó interesada.
—Vine a verte, dijo con tono seco.
—¡No me asustes!, se te arrugó el entrecejo.
—Es que las cosas importantes hay que decirlas serio. También me lo enseñó mi padre.
—Y a qué cosa importante has venido, si se puede saber.
—A pedirte que te cases conmigo, dijo con voz temblorosa.
Teodora cambió de semblante y corrió a la cocina, tomo un vaso de agua y se sentó. Calixto, que no imaginaba aquel rebote, se quedó empantanado a mitad del pasillo.
—Ven por favor, siéntate. No esperaba que esto fuera así, de sopetón.
—Bueno, te traje flores.

—Si, ya veo, pero hombre, pedir matrimonio es otra cosa.

Calixto dudó de la voluntad de Teodora y se puso tenso.

—A ver Calixto, para mí es la primera vez que me piden matrimonio como sabes, y aunque hemos hablado muchas veces, esperaba que, si se daba, sería más tarde.

—No Teodora, creo que el tiempo es ahora. Ya no somos niños y conocemos como ha sido todo esto. Si crees que congeniamos, espero que me digas que sí, para ir arreglando los menesteres, y si no estás de acuerdo también me lo dices, y acabamos con este trafago.

Teodora se levantó, tomó el ramo de flores frescas y las colocó en un jarrón con agua, mientras Calixto miraba en silencio y esperaba la respuesta. El tiempo se estancó. Le pareció una eternidad y sopesó irse, pero en aquel Instante Teodora fue hacia él, le tomó por la mano y le dio su conformidad.

—Sí, me casaré contigo. Espero haber acertado en mí decisión.

—Dame un poco de agua, dijo Calixto sudoroso, entonces hay que hacer los preparativos.

—Tú dirás cuáles

—Coño, las amonestaciones, los padrinos el convite y todas esas cosas que se hacen en las bodas

—Lo primero será poner el día y el lugar.

—Puede ser el día quince de mayo y celebrar la boda arriba, en el pueblo, que es donde están mis familias.

—Lo tenías todo pensado Me parece razonable. Yo hablaré con el cura, para las amonestaciones y los preparativos religiosos.

En el día fijado, Teodora Lima se levantó con el alba y puso dos calderos al fuego, los más grandes que encontró; uno era suyo y el otro, una especie de canarín se lo prestó Cristino, el dueño de la cantina, que lo trajo de Venezuela y lo usaba para preparar carne de cabra los días de fiesta.

Teodora aprendió a cocinar con Margarita cuando atendía a su difunta madre, y las personas que probaron sus guisos coincidían en que tenía buena mano. Lo había hecho en almuerzos de tres o cuatro comensales, pero nunca para un grupo de gente como los invitados a su boda.

Estaba todo preparado. Carne de cochino y de gallina, garbanzos en remojo desde la noche anterior, un trozo de chorizo grande, cebollas limpias y partidas en dos, piñas de millo cortadas en rodajas, varias porciones de calabaza, un manojo de judías verdes, col en trozos, papas peladas enteras, batatas, unas hebras de azafrán, un par de ajos, sal, aceite, clavo y un poco de unto.

En los dos calderos con abundante agua, dividió el condumio. Introdujo la carne de cochino y de gallina, los garbanzos, el chorizo, la cebolla, las mazorcas de millo, sal, un chorrito de aceite y un pizco de unto y los dejó hervir hasta que todo estuvo medio guisado. Luego le agregó la calabaza, las judías verdes y un buen manojo de col, y cuando calculó que había pasado media hora, añadió las papas y las batatas. Retiró la leña para que terminaran de cocinarse con el calor de las brasas. Cuando estaba ya el puchero organizado, se puso a preparar el postre: arroz con leche que lo hizo con una receta de su padre que decía procedía de América: leche, arroz, azúcar, limón y yemas de huevo.

Carmelito el de Fidel, que era un niño y andaba alrededor de la casa haciéndole recados por si caía algo que le apaciguara la gazuza, contaba que Teodora, después de verterlo en los platillos que había conseguido prestados para la ocasión, lo llamó y le dio el caldero a fin de que aprovechara las raspas. Carmelito recordó toda su vida, las raspas de aquel arroz con leche.

Cuando la vianda estaba hecha, Teodora comenzó a atusarse. Se bañó con agua tibia enjabonándose dos veces con una barra de jabón inglés que conservaba en su casa de los que compraba su padre, con buen perfume, para no dar olor a puchero. Con el cabello desembrujado le hicieron dos trenzas que recogió en un moño; se tocó con un pequeño sombrero de color amarillo pálido con un cintillo verde, herencia de su madre, donde colocó una flor roja que cortó de unos geranios frondosos del patio. Un traje ajustado de tono gris marengo que le cubría hasta la mitad de la pierna, con un lacito a la cintura y un encaje blanco bordado en el cuello juego con el tocado. Zapatos nuevos con un discreto tacón y ropa interior a estrenar.

A las once de la mañana ya estaba preparada para ir a la ceremonia, y salió al patio donde esperaban el novio y los invitados.

A Calixto, su hermano Eulalio le arregló, a la medida, un traje marrón oscuro con rayas grises que compaginó con camisa blanca y pajarita. También estrenó zapatos. ¡Estaba rozagante! Ya listos, partieron hacia la iglesia de San Andrés, recibiendo las bendiciones de los vecinos que salían al camino a fisgonear la comitiva. Había interés en conocer a una mujer de fuera del pueblo, que parió de un cura, hija única y con buena herencia. Desde luego, no era asunto menor en las lenguas ávidas de carroña.

Calixto y el cura, al que apodaban El Ganadero porque fue criador de vacas antes de sentir la llamada del Altísimo, ya habían tenido un desencuentro por la exigencia de confesar a los pretendientes en días previos a recibir el sacramento del matrimonio. Llegada la hora, y dada la confesión por Teodora, el sacerdote salió a llamar al novio, que esperaba delante de la iglesia ansioso y malhumorado.

—Cuando quiera, señor.

—Cuándo quiera, ¿qué? —preguntó alterado dando a entender que no sabía cuál era el requerimiento.

—Que entre a confesar, para que Dios le perdone sus culpas.

—¡Ya le dije que yo no tengo pecados!, ¡me cago en Cristo!, ¿cuántas veces quiere que se lo diga?

Así las cosas, a las doce en punto del día señalado, los contrayentes y la comitiva llegaron a la Iglesia, donde el cura esperaba firme, con las manos cruzadas delante de la barriga y debajo de la casulla, en la puerta del templo. Dio una bendición general y miró con cierto desdén al novio.

—¡Joputa! —dijo para sus adentros Calixto, al percibir la retranca del cura.

Le notó la guasa, como diciendo: te llevas a una que la cogió otro; y en su mente saltó la imagen de un cabrón cura preñando a la que iba a ser su mujer en breves momentos, y eso le enfureció, pero se contuvo. Juan Matacán, que ejercía de padrino de ceremonia, se dio cuenta del cambio brusco en el comportamiento de Calixto, su cara enrojeció en un instante y las venas del cogote parecían rabo de gato. Sintió que, tal vez, no era buena idea aquel negocio, y ya a lo hecho pecho, pensó.

Se celebró la misa de boda con prisa, aunque guardando la compostura. Se dio lectura al evangelio en aquello que dice:

"El hombre dejará a su padre y a su madre, y se unirá con su mujer, y serán los dos, uno solo. Pues bien, lo que Dios ha unido no lo separe el hombre".

Después de que el oficiante intentara explicar con cierto esfuerzo lo que aquello significaba, repitiendo una y otra vez que por obra del Espíritu Santo los dos se convertirían en uno, y que solo los separaría la muerte, Calixto comenzó a sudar, y fue en aquel momento cuando se dio cuenta de la transcendencia del acto, y por un instante dudó si quería casarse. El cura, que vio el semblante hosco del novio, aligeró la ceremonia yendo directamente a las fórmulas del compromiso matrimonial y dijo:

—Ante la comunidad cristiana que representa a la Iglesia les pregunto:

¿Han venido aquí a contraer matrimonio por su libre y plena voluntad, sin que nada ni nadie los presione?

Calixto miró a Teodora y a Juan buscando complicidad, y con un gesto afirmativo de cabeza él, y en voz alta ella, confirmaron su libertad plena.

La segunda cuestión fue más difícil para Calixto. El cura los miró fijamente y preguntó:

—¿Están dispuestos a amarse y honrarse mutuamente en su matrimonio durante toda su vida?

¿Amarse y honrarse?, qué coño es esto, pensó Calixto. Yo solo vengo a casarme, no es cuestión de amor. Yo amé a la hermana del Picha, y ¿honrar a quién?, si esta es una mujer deshonrada por un puto cura. En ello se devanaba los sesos, cuando el sacerdote vacilante interpeló de nuevo:

—¿Ha dicho que sí, señor?

—Sí, dije que sí —exclamó Calixto con voz entrecortada.

—Si es así, les pregunto por última vez: ¿Están dispuestos a recibir con amor y responsabilidad los hijos que Dios les dé y a educarlos según la Ley de Cristo y de su Iglesia?

—Si, dijeron los contrayentes a la vez.

—Así pues, ya que ustedes quieren establecer la alianza santa del matrimonio, expresen su consentimiento delante de Dios y de la Iglesia. Dense la mano derecha y diga el novio:

Yo Calixto te acepto a ti Teodora como mi esposa, y prometo serte fiel en lo próspero y en lo adverso, en la salud y en la enfermedad, y amarte y respetarte todos los días de mi vida.

Seguidamente, ella hizo la misma declaración, y rápidamente el sacerdote alzó la voz y en tono ceremonial dijo:

—Que el Señor confirme este consentimiento que han manifestado ante la Iglesia y cumpla en ustedes su bendición. Lo que Dios acaba de unir, no lo separe el hombre.

El Matacán murmuró de alivio: ¡ya se jodió la vaina!, gracias a Dios!, y miró al cura haciéndole señas para que aligerara el trámite, quien, sin dar mayor trascendencia, dio la bendición final:

—Que el Eterno Padre os conserve unidos en vuestro amor para que la paz de Cristo habite en vosotros y permanezca en su hogar. La paz sea con todos. Pasen a firmar, por favor, dijo el sacerdote abriendo la puerta de la sacristía donde esperaba el representante del registro civil, un señor bajito y gordo, para inscribir el matrimonio.

Terminado el repertorio y firmadas las actas matrimoniales, el cura miró a Calixto y le dijo con voz de sentencia:

—Leí una frase de un escritor americano y se la voy a repetir por si le conviene: "El hombre vale, lo que vale su respeto por la mujer".

Calixto lo miró con odio y se dijo: ¡vaya usted a la mierda!, dio la espalda y salió de la sacristía. Esperó a Teodora y a los padrinos en la puerta de la iglesia, y sin dar tregua, se adelantó a donde estaba el convite preparado.

La casa en las Rozas era terrera, de azotea, construida en martillo, con dos habitaciones, cocina y un aljibe, que ocupaba parte de un patio amplio donde se colocaron once mesas en forma de "U", cinco a cada lado y en la cabecera la de los novios. Varias mujeres se quedaron organizando para cuando llegaran los invitados servir la comida.

En el camino de vuelta, Eulalio se percató de que Calixto estaba incómodo.

—¿Qué coño le pasa a mi hermano, Juan?

—No sé, en el altar se comportó raro, sudó muchísimo, miró al cura como si se lo quisiera tragar y en la sacristía, cuando fuimos a firmar, ni habló.

—Camina solo y no espera ni por la mujer. Voy a descubrir qué le ronda por la cabeza.

Eulalio adelantó el paso y se puso a la par con Calixto, quien, al verle, dio un respingo, quitándole todo interés en preguntar.

La comilona estuvo buena, el puchero en su punto, con exquisito sabor y en cantidad abundante. Se sirvieron dos veces casi todos los invitados, quedando apenas un fondaje en los calderos. El vino era dulzón, dando pie a discutir sobre si debería ser seco, o no. El tío Benito, acomodado en el brocal del aljibe, después de pegarse unos buenos tanganazos, pontificaba:

¡Carajo, el vino dulce es de mujeres!, y no quita las securas, eso lo tengo yo muy bien probado.

El trinque servido se lo tomaron en un abrir y cerrar de ojos, teniendo Tinillo, el hijo de un primo segundo de Calixto por parte de padre, que llenar las botellas vacías con un fonil ferrugiento, para tranquilizar a los bebedores.

El arroz con leche sorprendió a todos.

—Si sé que hay este manjar como menos puchero, dijo Esteban el de tía Estebana la de los Llanos, tanteándose la panza.

—¡Si no fueras tan angurriento!, que parece que nunca te jartas —le respondió la mujer que ayudaba sirviendo las mesas.

—¡Apuesto que te empanturras! —vociferó Vidal el del Flor echando jaranas.

—¡Trae un cazo del 18 para que lleves!, malo es que te arregostes —lanzó entre risas Ángel el de Tajase sentado al final de la mesa.

—Cállate, que ya estoy opilado.

Transcurrió el agasajo en buena armonía hasta que el sol traspuso, momento en que se recogieron los convidados, quedándose los recién casados solos por primera vez. De la pequeña Nicolina se encargó Eulalio.

Aunque las relaciones prematrimoniales, trascurrieron con educación y respeto, aceptándose en lo personal, durante y después de la ceremonia religiosa, Calixto cambió bruscamente. Cuando vio al canónigo en la puerta de la iglesia dando la bendición, visualizó al cura que preñó a su novia, y sintió deseo de despellejarlo vivo. Al mirar a Teodora en el altar y tener que dar testimonio de su amor para toda la vida, dudó, y desde lo más profundo deseó despreciarla allí mismo, por ser una mujer criticada y sin honra. En aquel instante, todo su barullo de sentimientos encontrados estalló.

—Te noto muy extraño, Calixto. Supongo que serán los nervios por ajetreo de la boda, pero todo salió bastante bien. Fuimos muy elegantes a la Iglesia; la ceremonia estuvo muy bonita y la celebración fue del agrado de todos. Los invitados comieron y se divirtieron.

—Supongo que sí; espero que lo que siento se me vaya olvidando con el tiempo —murmuró cortante Calixto.

—¿Pasó algo malo?

—¿¡Te parece poco lo que hiciste!?; ¡eso me reconcome por dentro!

—¿Qué es lo que hice mal? —preguntó Teodora pensando en algún desaire u olvido en los preparativos del banquete.

—¡Revolcarte con un cura! —dijo mirándola con los ojos ensangrentados.

—¡Por Dios!, ¡creí que eso estaba superado! Te lo dije todo y fue tal como te lo conté. No tengo más nada que decir.

—Solo me has hinchado a embustes! Un amigo que conoce de mujeres, me explicó que nadie queda preñada la primera vez, sino que eso hay que repetirlo; y en mi cabeza te veo dale que dale con otro hombre, una y otra vez, que además es un cabrón cura —balbuceó Calixto violento y provocador.

—¡No sé qué te habrán dicho ni lo que te imaginas, pero yo no he contado mentiras! —respondió Teodora muy molesta.

—¡Tendrás que contármelo de nuevo si quiero, porque a partir de hoy eres mi mujer, y me debes respeto! —gruñó desafiante.

—¡Y tú a mí, también! —respondió Teodora con voz quebrada.

—¡Qué coño dices! ¡Ahora me perteneces y puedo hacer contigo lo que quiera! ¿Quién va a defender a una fulana que parió de otro?; ¡eres una cualquiera!

Calixto crispado y amenazador fue hacia su esposa, quien optó por guardar silencio, y con actitud pasiva esperó a que se calmara, pero no fue así. Él, fuera de control, la agarró por los brazos y la apretó contra la pared de la habitación cuanto pudo, la soltó y se fue. Ella amaneció llorando en una esquina del cuarto. Al día siguiente el marido no apareció.

Ya el sol puesto, Teodora se acercó a la casa de Juan Matacán a contarle lo sucedido. Le aseguró que temió por su vida, tanto por la violencia en la forma como por las expresiones de Calixto, por lo que estaba pensando dejar aquella componenda, volver a su domicilio con su hija y poner tiempo por medio. Juan, descompuesto por el relato, rememoró el ramalazo que tuvo cuando comenzó con la traquina del casorio, donde por un momento se cernió sobre su cabeza un matrimonio lleno de desgracias, pero lo pasó por alto.

—Debí haber hecho caso a mis barruntos —dijo Juan con voz temblorosa—. No reconozco al hombre del que me hablas; sé que

Calixto es muy especial porque no ha superado las huellas de la mordida del hurón, pero se le conoce una sola pelea en el pueblo. Él es muy correcto en el trato, y supuse que el ser tú madre soltera, lo tenía asumido.

—No, Juan, aunque le conté lo sucedido con el cura cuando nos conocimos y convinimos casarnos, me ha hecho un interrogatorio muy desagradable; de cómo fue, dónde fue, si sentí, qué me hizo, si me gustó, hasta el tamaño, y no aguanto esto; ¡me voy —dijo Teodora adolorida.

—¡No te vayas mujer!, hablaré con él. Está ciego con la situación. El conocerte, el compromiso, la boda y todo eso lo ha destartalado un poco. Tampoco los amigos han ayudado mucho, por lo que veo, pero espero que entre en razón; lo iré a buscar a una casa que tiene en Bicácaro, a donde se refugia cuando le abruman los problemas.

—Ya que me lo pides, le daré otra oportunidad. Hazle saber que cumpliré la promesa que di en el altar, pero que no me pregunte, más nunca, por mi vida pasada.

Producido el reencuentro, pareció renacer un margen para la razón, mas no fue así. La armonía que aparentó surgir después de que Juan habló con Calixto, se desvaneció en pocos días. No superaba que la mujer no fuera casta e inmaculada. Su experiencia sentimental estaba limitada a su enamoramiento parcial con María Antonia, que no fue más allá de un idilio en su soledad; un romance no compartido por su admirada. Teodora, con la esperanza de rehacer su incipiente relación matrimonial, intentó agradar a Calixto, pero este volvió al interrogatorio; ¡quería conocer todo! Ella, esta vez, no se dejó intimidar y manteniéndole la mirada, le gritó:

—¿Quieres saber?, mira lo que me hizo, me subió la falda y me penetró por aquí, ¿lo ves?, ¿algo más? —dijo Teodora recogiéndose las enaguas y enseñando los fondillos.

El, que no esperaba una respuesta tan gestual quedó paralizado. Cuando volvió en sí, salió rápido de la habitación.

Teodora pensó que se había ido de nuevo y comenzó a preparar los hatos para regresar a su casa, de donde nunca debió salir, dando por roto aquel tortuoso connubio, pero la entrada repentina de Calixto cambió todo, que como toro embravado, fue hacia ella, la agarró violento, la viró de espaldas quitándole de un manotazo las enaguas, y mientas cumplía el mandato sacramental de consumar el matrimonio, preguntaba desesperado.

—¿Fue así como te preñó el cabrón cura? —repetía una y otra vez, alterado y gritando hasta que depositó su ira.

Teodora, en la misma posición, estuvo llorando su desventura largo tiempo. Desde aquel instante se aisló, se recluyó en su interior; su vida se convirtió en un manantial de tristeza; ya nada tenía sentido. Solo el amor a su hija la mantenía viva. Por el qué dirán, conservaba el matrimonio. La soledad y la miseria serían sus compañeras hasta la muerte.

Capítulo XII

Don Cayetano decía que nada tenía que agradecer a Dios por haber venido a este mundo, y que cuando se fuera, lo haría despotricando y sin deber nada a nadie.

Aunque de muchacho fue bien cuidado por sus padres, Laureano Quintero y Guillermina Morales, la vida comenzó a golpearle muy joven, desde que se casó, que lo hizo con dieciocho años recién cumplidos con Eusebia Machín de diecisiete, una muchacha enjuta del pueblo. Ella quedó embarazada con rapidez y parió un varón a quien llamaron Viviano. Una noche, sin saber el motivo, el hijo murió mientras dormía. Su dolor fue tan grande, su impotencia para comprender la causa, su desesperación ante aquella muerte inexplicable, que con rogativas y promesas preguntó al Altísimo con insistencia, por qué se llevó a su pequeño niño y nunca tuvo respuesta, convirtiéndose en un hombre malhumorado y resabiado con todo. Su expresión favorita era cagarse en Dios y en los santos.

El cura lo visitaba con frecuencia, y su letanía de que hay que tener fe en el Señor y en su misericordia no solo no le sacaban de su pena, sino que lo encabronaba más, hasta que un día, ya cansado de tanto sermón, lo expulsó de la casa prohibiéndole la entrada para siempre.

—¡Váyase y no venga más, no vuelva en su puta vida por aquí, cuervo!

—¡Cayetano, solo quiero consolarte y traerte la palabra del Señor, que el todo lo puede! —respondía el religioso.

—¡Que se vaya de una puñetera vez, con sus sermones!; ¡lo único cierto es que mi hijo murió! ¡Dígale a su Dios, que baje a la tierra si es macho, y de la cara!

—¡Perdónale, Señor, ¡porque no sabe lo que dice! —clamaba el cura haciéndose la señal de la cruz.

—¡Y no venga más!, ¡no se olvide! —gritaba desgañitado don Cayetano —desparpajando las manos y lanzándole un cacharro a los pies del cura que salió corriendo despavorido por el callejón.

Un tiempo más tarde, Eusebia quedó preñada de nuevo y tuvo otro hijo, y lo llamó Eulalio, quien se hizo un muchacho fuerte, alto y buen mozo. Ya desde los trece años trabajaba en una tienda de aceite y vinagre de la Villa, y el dueño del comercio, don Felipe, al que la providencia no le había dado hijos, le cuidaba como propio. Allí ayudaba a despachar cuando no asistía a la escuela. Era alegantín y su buen carácter atraía a los clientes. Todos los viernes visitaba a sus padres y compartía en las tareas de costumbre, y, además, aprovechaba para saludar a los vecinos y jugar con los muchachos temporanos del pueblo.

El año que Eulalio cumplió los dieciocho, estalló la guerra civil y lo llamaron a filas. Ver salir a su hijo fue una tragedia. No lo pudo despedir por su congoja. Siempre lamentó haber sido tan cobarde por evitar el momento. Escondido en la falda de una higuera, llorando de dolor, lo vio partir.

Pasaron diez meses de guerra y no llegaba novedad. Don Cayetano procuraba informarse por Pedro Periquillo, concejal de las izquierdas, que cada quincena iba a la Villa a oír la radio de Fernando Rivera, presidente de su partido, y enterarse de las noticias, pero no oía nada bueno: unos ganaban y otros perdían.

De tiempo en tiempo llegaban cartas de soldados que relataban el dolor de la contienda. Por ellas se supo que habían caído en batalla varios muchachos conocidos. Cuando había transcurrido un año y medio sin que ningún noticiero diera información, don Cayetano planteó a su mujer ponerse luto como otras familias con hijos en la guerra.

—Mañana hace dieciocho meses que se llevaron a nuestro hijo, ¡qué dolor tan grande!, parece una eternidad —dijo don Cayetano hundido en su pesadumbre.

—Estoy contando los días y las horas. Me paso las noches con un presentimiento que no me dejan dormir; pero tenemos que aguantar hasta que vuelva.

—Yo perdí la esperanza, mujer.

—No digas eso, ¡claro que volverá! Rezo todos los días por ello.

—Que tu Dios te oiga, porque yo si me lo encontrara y le pudiera hablar de hombre a hombre le diría un par de cosas —decía mientras intentaba apartar un abejorro que le zunzuneaba alrededor de la cabeza.

—¡No lo espantes, que lo manda la Virgen con buenas nuevas!

—Tú sabes que yo no creo ni en santos ni en vírgenes. Deberíamos pensar en lo que hacen otras familias con hijos en la guerra.

—¿Y qué es, que no hagamos nosotros?

—Se están poniendo luto.

—¡Eso sí que no, mi hijo está vivo y bien vivo! Hay algo en mi interior de madre, que me lo dice. ¡Yo no barrunto más penas! Nos quitó uno y no va a llevarse el otro.

—Pues tú dirás, mujer.

Así pasaba el tiempo con la esperanza perdida, pendiente de si llegaban noticias en algún pago de la Isla para acudir a preguntar si daban norte de Eulalio.

Un día se encontró con tío Gabino montado en su burro blanco con una alforja llena de manzanas reinetas, y se pararon a conversar.

—Buen día, ¿recogiendo la cosecha?

—Apañando lo que quedaba antes que se las coman los pájaros. Llévale una docena para Eusebia que ustedes no tienen. ¿Y qué sabes del muchacho?

—Nada. Estamos desesperados porque no llega razón y no sabemos nada.

—Mira por dónde, hablando con un amigo parcial que vino a comprarme unas reses, me dijo que oyó decir algo de una carta de un soldado de Sabinosa, hijo de un tal Ramón Ortiz, y nombraba a muchos conocidos.

Don Cayetano se acostó, pero se le resistía el sueño; así que, en la noche, aprovechando la luna llena, atravesó la cumbre, cogió el camino de Amansaguapos y amaneció por fuera de la casa del dueño de la carta. Cuando Ramón Ortiz abrió la puerta, encaró con un hombre bien portado sentado en su callejón.

—¿Tiene novedad, amigo, en qué le puedo servir?

—Buenos días, don Ramón, soy de Azofa y me he enterado de que ha recibido cartas de su hijo que está en la guerra. Por desgracia también tengo al mío en el frente, y vengo por si da alguna noticia.

—Entre hombre, y échese la mañana que debe estar muerto de frío —dijo Ramón invitándole a pasar —disculpe que le diga, pero no le pongo mano.

—Cierto, no nos conocemos. Yo soy Cayetano Quintero, por aquí transito poco, pero las circunstancias me obligan.

La mujer de Ramón, que acababa de levantarse de la cama, calentó leche de oveja que le sirvió con gofio de millo en una escudilla de barro astillada en los bordes y lañada con esmero.

—Coma y así se conhorta. Pobres somos, pero leche y gofio no nos falta, gracias a Dios. Igual le vendría mejor una taravina con vino de Las Vetas que calienta más —-dijo don Ramón mientras sacaba la carta de la alacena— aquí está lo que escribió mi chico. Nombra a unos muchachos que no sabemos quiénes son. ¿Sabe usted leer o se la lee mi hija? Ella lee de corrido, es muy aplicada, me ha dicho de la escuela.

—Se comenta que aquí hay a una gran maestra.

—En efecto, doña Inocencia, muy buena, pero ahora la destierran porque alegan que tiene simpatía por la república, y dicen las autoridades que su permanencia en la isla al frente de cualquier escuela, donde se conoce su modo de pensar y sentir, es perjudicial y pernicioso para preparar y educar una juventud sana y pletórica de amor a la patria. ¿Qué le parece? Así dice el escrito que le mandaron.

—Cuantas estupideces se dicen. Mal veo a esa mujer. Mejor me la lee su hija, por favor.

—Como no, señor —dijo la muchacha mientras se secaba la cara recién lavada colocándose en un lado de la pequeña mesa de la cocina.

"Queridos padres y hermana: Dios quiera que al recibo de estas letras se encuentren bien de salud. Yo también bien, gracias a Dios y a la Virgen de Los Reyes, a quien le pido poder volver, y tengo de promesa bailar todo el camino en la próxima Bajada y en el descanso de la Piedra el Regidor, si la vecina Nena me acompaña, marcar unas resacas de tango. Hoy entramos en un caserío que se llama Algete y nos han dicho que podemos escribir a las familias, aunque no sé si esta llegará a ustedes. Aquí seguimos matándonos como perros, pero yo sigo vivo por suerte esperando que se acabe. Hace un mes me encontré con un chico de El Pinar, un tal Goyito, que está en el otro bando, hablamos un rato de las ganas de regresar a casa. Dice el capitán que tenemos que ya

falta poco para que termine la guerra y él algo sabrá. He visto a varios paisanos de la isla que nos encontramos cuando tomamos algún pueblo y comentamos de los conocidos y de los que han muerto. Me vi con un hijo del pastor de ganado que nos compró los borregos capones y me dijo que andaba con un muchacho llamado Eulalio en una avanzada y recibieron unos disparos de mortero y no lo vio más...

—¡Por favor!, no siga leyendo joven. Ese es mi hijo, ¡Me lo han matado!, ¡me cago en el clavo que aguanta al cielo!

—¡Señor, no hay porque esperar eso! No dice que lo vio muerto, exclamó la joven ante la mirada expectante de su padre.

—Qué le puedo decir —murmuró Ramón, absorto y hundido.

—Nada, amigo mío. Es la noticia que esperaba, es la pesadumbre que tengo en el alma desde hace meses. ¿Cuándo fue que escribió su hijo la carta?

—El veinticuatro de abril —dijo la muchacha—, y nos llegó la semana pasada, después de cinco meses.

—Qué casualidad, el mismo día que mi hijo cumplió veinte años. Vaya fecha para recordar. Muchas gracias. Me vuelvo a darle la noticia a mi mujer. ¡que noticia para una madre! Ya se nos han ido dos hijos. ¡La vida es muy dura!

—Amigo Cayetano, no puedo dejar que se vaya así. Espere un rato y refrésquese. Le acompañaré a que salga a la Cumbre, no debe ir solo. No sé qué haría si me matan a mi hijo. Son cosas de la guerra.

—Sí, son cosas de la guerra, pero ¡yo me cago en los cabrones que la hacen!, con perdón de la joven. No se preocupe, tengo una espalda ancha de tanto recibir golpes, porque mi vida no es más que golpes y más golpes.

—Le entiendo —respondió la muchacha sintiendo pena por aquel hombre.

—Deseo que usted no sufra jamás tanto dolor y que su hijo regrese rápido al hogar, sano y salvo para que baile en la próxima Bajada. Me gustaría conocerle. Yo no veré al mío. Viviré con su recuerdo.

Don Cayetano sacó una corbata negra del bolsillo y se la amarró al cuello.

—¡Adiós, don Ramón!

—¡Hasta siempre, amigo!

Capítulo XIII

Pasaron siete años de rigoroso luto, sin que el matrimonio se repusiera de la muerte de su segundo hijo. Vivían con la esperanza de que Calixto les diera descendencia, si encontraba alguna mujer que no fuera remilgona y se fijara más en sus buenos principios que en su cara comida de hurón, pero, seguramente, se irían de este mundo sin conocerla, pensaban.

La tristeza los consumía en vida. No tenían descanso. Las noches se sucedían monótonas y tristes, empapando en silencio de lágrimas la almohada. Los dos sabían que lloraban. Les parecía que el tiempo se había detenido solo para hacerles daño, acrecentando su sufrimiento en cada instante. Deseaban que los años pasaran como un suspiro, y morirse. Querían dejar este mundo de mierda, y les faltaba valor para abandonarlo. Vivían año tras año con la misma cantinela. A veces pensativos observaban el horizonte. Un día preguntó Eusebia:

—¿Cuándo miras a la lejanía, que ves, marido?

—Veo a nuestro hijo irse, caminando lento con su petate al hombro. Le veo trasponer, y allá en la distancia, levantar la mano despidiéndose.

—Pues yo no, yo lo veo regresar. Lo veo venir ligero sonriendo. Lo oigo cantar. ¿Recuerdas la canción que siempre tarareaba…? ¿cómo era… ah…, sí…?

"De más arribita vengo,
de una casita que tengo allá arriba en el trigal,

> *una casita chiquita para la mujer bonita*
> *que me quiera acompañar...*

-No recuerdo más
-Sí mujer, seguía ...

> *"En el patio hay una parra*
> *donde se amarra una cabra*
> *cuando hace mucho sol,*
> *más allá una vaca tuerta,*
> *papas negras en la huerta*
> *y en la choza un buen porrón,*
> *para el día que haga frío mandarle un buen estampido*
> *cuando pa la cama voy..."*

—Tienes razón, Eusebia. Es mejor imaginarlo regresando a casa. Pensando bien, la carta no decía que el compañero lo viera muerto, sino que no lo vio más. Es preferible para nuestra tranquilidad creer que está vivo. ¡Qué quieres que te diga! Estoy dando vueltas a la cabeza con una locura.

—¿A ver por qué te va a dar? ¡Miedo te tengo!

—Ahora que están los animales sueltos y Calixto es medio hombrecito, debemos ir una semana a la Dehesa y estar con la Virgen de los Reyes.

—¿De promesa?

—Llámalo como quieras. Es por si hubiera algo allá arriba, quién sabe.

—¡Ya te picó algún bicho! Llevas años despotricando de Dios y de los santos, que no has dejado uno vivo y ahora quieres visitar a la Virgen de los Reyes; pero más vale tarde que nunca.

—¿Y tú qué dices?

—Yo tengo un sofoco en la boca del estómago que no sé qué es, y llevo días así.

—¿Será que barruntas algo?

—¿Te he dicho que te engañé?

—¡Coño! —dijo Cayetano —poniéndose de pie.

—¡Tranquilo!, no te sulfures, que no es lo que te imaginas; ¿cómo se te ocurre desconfiar de mí? ¡Ahora sí que me da ganas de darte un guantazo por el totiso, pedazo pazguato!

—Carajo, explícate mejor por qué no estoy para sustos.

—El otro día no fui a visitar a mi hermana; fui a que me echara la baraja una mujer llamada Amada, que vive en Barlovento.

—Eso no es engañar, lo que estamos pasando no se lo deseo al mayor enemigo. ¿Qué te dijo esa mujer?

—Estuvo un rato echando cartas sobre de la mesa, las recogía, las tiraba de nuevo, hasta que le dio un desvaído y se quedó con los ojos en blanco, y cuando le volvió el resuello me miró fijamente y me dijo: usted viene a que le hable de su hijo que tienen en la guerra, y no le puedo concretar nada; por un lado, me sale que sufrió un accidente, y que hubo muertos, pero seguido me da la sota de oros junto al siete y es señal de que está con vida, por eso las he echado tres veces y siempre salen igual. ¿Las ve, señora?

—¿Y qué cree usted?, le pregunté.

—Si tuviera que jurar ante la santa biblia, diría que su hijo vive.

—¡Carajo, mujer, me vas a matar!, que si me engañas, que si Eulalio está vivo —dijo don Cayetano, quedándose pensativo —. Mejor será arrancharnos para la semana que viene, y nos vamos a visitar a La Virgen que daño no nos hará.

Terminó el tiempo de promesa, y con la esperanza de que alguna noticia diera fin de Eulalio regresaron al pueblo, pero no fue así.

Lo que llegaba eran comentarios de más presos, muertos y fusilados y la Falange campando por los caminos.

La tristeza azotó de nuevo y se encerraron en casa. Algunos conocidos iban de vez en cuando a estar un rato con el matrimonio para tratar de animarlos, pero los días pasaban y aquel conato de esperanza que tuvieron se desvanecía cada instante y más fuerte era su angustia cuanto más se acercaba el invierno.

Una noche, alto ya diciembre, se presentó un temporal de agua, viento y frío, de esos que imponen respeto a la propia naturaleza. Calixto había ido a la finca del Nido el Cuervo a mudar la vaca y tardaba. La bruma espesa hacía más imponente la oscuridad. A cada trueno le respondía Eusebia con una letanía implorando protección y auxilio.

—¡Calla ya mujer, que me estás volviendo loco!

—¿Qué quieres que haga si la noche da miedo? El chico no llega y me pasan por la cabeza, no sé cuántos pensamientos malos.

—Él sabe bien cuidarse de un temporal. Estará en alguna casa esperando que amaine.

—Dios te oiga.

Calixto ya empapado por el goteo de la covacha en la que se había guarecido, decidió salir al camino del que se sabía de memoria cada paso. Estaba a punto de llegar a su casa, cuando sintió unos trancos y se paró a reparar de dónde venía.

—¡No te asustes muchacho!, soy Pedro Hernández, tu vecino.

—Menos mal que me habló, porque ya iba a pegarle una galga al bulto.

—Ven un momento que la pared es alta y aguanta el embate del tiempo, que tengo que decirte algo.

—¿Ahora don Pedro? Yo me voy, que mis padres deben estar desesperados porque no llego.

—De tu casa vengo, pero no me atreví a entrar.

—¿Pasó alguna desgracia? —peguntó Calixto acercándose a Pedro y agarrándolo por la solapa de la manta.

—No te pongas así, que tus padres están bien. Es otro asunto que no sé cómo decirlo.

—¡Diga de una vez, que yo tengo dieciocho años, ya soy un hombre y aguanto lo que sea! — dijo envalentonado.

—Cálmate, y acompáñame a la higuera de Juan Martín ahora que escampó y levantó la bruma.

Un cuernito de luna alumbró el paso. Calixto y el vecino Pedro subieron unos metros la calzada y al llegar al cruce de caminos donde estaba la higuera, vio un bulto debajo de la falda, entre los gajos retorcidos.

—¡Don Pedro, ¿qué quiere usted de mí?, ¡qué es eso! —exclamó intentando huir.

—¡No corras, muchacho, que nada malo te va a pasar! —dijo una figura desconocida.

Calixto, petrificado, y el vecino Pedro apoyado en la pared de chiquero de la tía Guillermina, vieron salir un fantasma de la falda de la higuera, y acercase a ellos.

—Estás hecho un hombre.

—¡No me toque! —balbuceó Calixto en su desesperación.

—No huyas. ¿No me conoces?

—¡Nunca le he visto! Usted no es de este mundo. ¡Es una mala visión!

—No, no nada de eso, soy tu hermano Eulalio.

—¡Mi hermano está muerto!, ¡hace años lo mataron en la guerra!

Pedro, agarrado a la pared, enmudeció. Eulalio parecía un fantasma. Era un hombre alto y flaco. Su cabeza aparentaba un montón de greñas emborrachadas que dejaban descubrir unos ojos negros profundos. Un chaquetón con una sola manga y sin botones cubría los harapos que hacían de camisa y de jersey; el pantalón encartonado llegaba a mitad de la canilla, dejando ver una bota descosida en el pie derecho y el izquierdo descalzo.

Calixto fue recobrando el aliento y Pedro logró sentarse en una piedra del camino y tranquilizarse.

—Sí, Calixto, este es tu hermano Eulalio —susurró por fin Pedro—. Por eso fui a tu casa y no me atreví a decírselo a tus padres, y al encontrarte pensé que tú podrías hacerlo.

—¡Ese no es mi hermano! Él era más pequeño y distinto.

—Tú también lo eras Calixto. Tenías ocho años cuando me fui a la guerra y ahora tienes dieciocho que cumples el día veintiocho de septiembre, ¿ves cómo sé tu edad? Estás hecho un hombre. Debes ir a casa y decirles a nuestros padres que he vuelto.

—¿Qué le digo?, voy y les suelto: ¡Eulalio está aquí!, ¡los mato!; no puedo hacerlo. ¡Vaya usted, don Pedro!

—¿Yo?, no. Cómo voy a decirle que resucitó un muerto.

—Mis padres llevaron luto luengo tiempo por ti, ¿y ahora les digo que estás vivo?

—Pues sí, ¿o no me ves? ¿Desconfías que soy tu hermano Eulalio?

—¡No, ya no, pero mejor muérete!; ya te lloramos hicimos la misa de alma, de año, de tres años, ¿cómo quieres que haga?

—Mira Calixto, vas a tu casa, que tus padres están preocupados y luego aparezco yo diciendo que tengo la vaca de parto, que el becerro viene de culos, para que tu padre salga a ayudarme y entonces se lo decimos.

—Bueno, pero no tarde don Pedro.

Calixto salió corriendo a cuanto pudo. La tropelada por el callejón las oyó don Cayetano que estaba en el patio.

—Ahí viene tu hijo, deja ya de tanto rezar, que vas a acabar con la biblia.

—Menos mal, gracias a Dios todopoderoso, a la bien aventurada Virgen María a todos los…

—¡Qué te calles, coño!

—¡Déjame terminar, pedazo animal!

Calixto con la misma velocidad que traía, entró en casa y se quedó firme mirando a la madre.

—¿Qué te pasa hijo, viste miedo?

—¡No, mamá, peor, vi a un espanto!

—¿Un fantasma?

—¡Sí, vi a mi hermano Eulalio!

—¡¿Qué dices Calixto, qué mierda es esa?!—gritó violento don Cayetano —entrando en la casa y sacudiéndolo por los hombros.

—¡No lo es, en la higuera de Juan Martín está!

—Este muchacho vio el miedo. ¡Te voy a dar un estampido para que vuelvas en sí! —exclamó malhumorado el padre levantando su pesada mano para dejársela caer en las cuerdas del pescuezo.

—¡Nada de eso, Cayetano!

—¿Quién habla?

—Soy Pedro, el vecino —respondió parándose en el quicio de la puerta—. Eulalio está aquí. ¡Está vivo!

Eusebia dio un grito desgarrador y cayó redonda. Al alarido acudieron los vecinos. La primera en llegar fue Pilar y la encontró en el suelo convulsionando. La comadre María entraba por la puerta.

—¡Vete María y trae un poco de toronjil que está plantado en la esquina del patio!

—¿Qué desgracia pasó? —preguntó María.

—¡Qué coño te importa!, ¡tráeme el toronjil!

La casa se llenó de vecinos que acudieron al oír el chillido sin saber qué sucedía cuando por la punta del callejón, a la luz tenue de un cuerno de la luna, una figura esquelética de hombre entraba lentamente ante la mirada incrédula de todos. Don Cayetano, en un temblor, se acercó y le preguntó:

—¿Usted quién es? Si se puede saber.

—Soy su hijo Eulalio, padre. He vuelto de la guerra.

El viejo Cayetano, fuera de sí, comenzó a tararear y a bailar una juyona.

Capítulo XIV

El matrimonio con sus dos hijos, volvieron a ser una familia agradecida con el destino, y vivieron en amor y compaña unos años, hasta que un aire malo se llevó a Eusebia el fatídico día de Todos los Santos. Mientras templaba la carne de un baifo que habían traído del Risco los Herreños para la conmemoración, le dio una tontura en el cuerpo que le hizo perder el habla y la paralizó. En unas horas de desdicha, murió. Las campanas doblaron con toque de difuntos en la mitad de la fiesta. Conocida la noticia, se suspendió el festejo en el pueblo y solo se celebró misa de alma.

La muerte repentina de su amada Eusebia fue otro duro golpe, y don Cayetano volvió a su tristeza de antaño. Estalló de nuevo su rebeldía contra Dios y las santas escrituras por arrebatar la vida a su mujer de aquella manera y en vísperas de casar a su hijo mayor. Eulalio ya tenía pedida a Melania Cabrera, descendiente de Melanio y de María Pantaleona Padrón, quien era hija única de don Patricio, el cual emigró a Cuba en donde amasó una fortuna.

Eulalio ya casado y con el respaldo del patrimonio de su mujer, compró la tienda de su antiguo jefe don Felipe, y, además, se dedicó a mercadear productos de la tierra: queso, chochos e higos pasados, con las islas grandes, actividad que le mejoró su economía y le permitió vivir con bastante holgura.

Allí vivió y crio a sus hijos, tres varones y una hembra. Los mayores, Álvaro y Teófilo, entraron en el seminario y se ordenaron de sacerdotes, llegando el primero a ser secretario del Obispo de la Diócesis. El más pequeño Policarpo, maestro de escuela. A la hija Guillermina, a quien le puso el nombre de su abuela, la casó bien.

Don Cayetano murió de mucho vivir, solía decir que moriría cansado de haber visto tanto. Sus últimos años, los pasó sentado en la Plaza del Virrey de Manila, fumando con su cachimba de caña recta hecha de madera de mocán y contando cuentos.

Vestía pantalón azul oscuro, chaqueta gris y camisa blanca siempre limpia y corbata negra en memoria de su difunta esposa. Iba tocado con sombrero de fieltro, alternando entre uno negro con otro marrón pardo, y un bastón que nunca dejó de tener asido con su mano derecha. Cuando murió, su hijo Eulalio comprobó que la cachava se desenroscaba y que la empuñadura era en sí un puñal de unos treinta centímetros incrustado en la caña.

Contaba cuentos entretenidos a los muchachos. Su dilatada vida era rica en recuerdos, que es lo que se tiene y de lo que se vive cuando uno se acerca a lo inevitable, y eso lo sabía transmitir bien con su verbo fácil de hombre sencillo.

Una tarde que estaba sentado en su banco de costumbre en la plaza, saboreando un mantecado que había comprado en el quiosco de doña Otilia en el Puente, vio una trulla de chicos que corría dando gritos de contentos y como los conocía por ser adictos a sus cuentos, les preguntó:

—¿Qué ha sucedido, que los veo alegres?

—Que el maestro perdió el burro por las cuevas de Trinista y nos mandó a buscarlo.

En aquel instante salía del ayuntamiento don Noé y exclamo:

—¡Hay que joderse, aquí se le pierde el burro al maestro y se declara fiesta nacional!

Los jóvenes al encontrarse con don Cayetano se acercaron a él con reverencia y le pidieron que contara alguno de sus cuentos. Le gustaba mucho contar relatos sobre el miedo y anécdotas que sucedían en los pueblos y que había oído de sus antepasados.

—Miren jóvenes, hoy les contaré un caso de miedo que me sucedió a mi hace muchos años. Les diré que el miedo es cierto y sale siempre por las noches. Nunca les dará grima por el día.

—¿Es verdad que existe? —le interrogó un joven blanquecino y muy delgado.

—Muy cierto, lo que ocurre es que el miedo siempre lo hacen los vivos, nunca los muertos. Escuchen:

—Yo de joven era muy apuesto y fortachón y creía que me podía medir con cualquier hombre a lo que fuera, ignorancia de muchacho. Mi pueblo está partido en dos por una barranca muy profunda y estaba llena de maleza, pero una vereda la cruzaba sin problema para caminar. De repente surge el comentario que, en el barranco de Tejeleita, así se llama, salía miedo. Un día me entretuve más de la cuenta con mi novia, y al despedirnos, me dice: ten cuidado que en el camino sale espanto. Yo me puse fanfarrón como corresponde a un pipiolo que quiere agradar a su enamorada, y le contesté una chulería, porque también fui medio tunante.

—¿Y vio el miedo? —le preguntó el mismo muchacho escuálido.

—Un momento caballero, déjeme seguir. Le iba diciendo, antes de que me interrumpiera el amigo, que entonces le respondí a mi novia ¡no tengo miedo a nada!, y me fui. Confieso que me dio un poco de cerote, el cuerpo lo llevaba en el aire, como erizado, pero no quedaba más remedio que cruzar el barranco ya de noche para llegar a mi casa, y para demostrarle a mi chica que yo era un macho de los que se visten por los pies.

—Perdone que le interrumpa, ¿por qué esperó que se hiciera de noche?

—¡Mi querido joven!, ¿tienes novia?
—No señor, todavía, mi madre no me deja.
—Una carcajada general resonó en la plaza.
—Me parece bien que hagas caso a tu madre. Cuando estés con tu novia, sabrás que el tiempo se va sin darte cuenta, que las horas pasan y nada más importa ella.

Don Cayetano, en ese instante, se respaldó en el banco de madera de la plaza y dándole una buena chupada a la cachimba, se quedó embelesado, tal vez pensando en su amada Eusebia.

—¿Y entonces qué pasó don Cayetano?, ¿cruzó el barranco? —le preguntó otro muchacho que llevaba un libro en el brazo.
—¿Eres estudiante?
—Sí, estudio para contable, señor.
—Buena profesión. Pero como les iba contando, me fui derecho al barranco, miré y no vi ni oí nada.
—Claro don Cayetano, estaba oscuro, ¿cómo va a ver? —aseguró otro de los presentes.
—Buena apreciación joven, pero debes saber que cuando no hay luz, los ojos se acostumbran a ver de noche como los gatos.
—Disculpe, no lo sabía.
—Ya sabe algo más —tras una breve pausa continuó —.Como iba diciendo, entonces empecé a bajar por la vereda y sentí grima.
—¿Le puedo preguntar algo, don Cayetano? —interrumpió nuevamente el joven escuálido.
—Pregunte, que será contestado.
—¿Cómo uno sabe que tiene miedo?
—Fácil muchacho, parece que vas caminando en el aire, todos los pelos del cuerpo se erizan, el corazón se altera y sientes que se quiere salir del pecho, los ojos se dilatan y sudas, sudas mucho, y notas que un chorrillo te baja por las piernas.

—¡Joder! —dijo un pelirrojo hijo de un funcionario de Puerto Franco llegado de fuera que jamás había dicho nada y no faltaba a ninguna tertulia —eso me dio a mí una vez que me besó una chica en la boca.

—¡Ja, ja, ja!, muchacho, no está mal la comparancia —río don Cayetano continuando con su relato.

Cuando llegué al centro del barranco, allí estaba el miedo, el muy cabrón, delante de mí, mirándome fijo a los ojos.

Los muchachos se apretaron haciendo un corro y se quedaron pasmados.

—Continúe por favor —dijo el estudiante de contabilidad.

—Allí me quedé firme delante de él. Apenas me bullía, se bullia el miedo. Yo respiraba y respiraba el miedo, si me agachaba para coger una piedra el miedo se agachaba. Así estuve mucho tiempo, me pareció una eternidad. Intentaba caminar y no podía. Todavía me acuerdo y el cuerpo se me pone malo.

—¿Y qué hizo? —preguntó el pelirrojo agarrándole fuerte la mano al flaco.

—¡Suéltame que me partes los dedos!

—Disculpa, pero deja que me agarre de algún lado.

—Agárrese de mi bastón. ¡Me imagino cómo agarró usted a la muchacha que le besó en los labios! —exclamó don Cayetano con una sonrisa socarrona—. Pues en un momento de valentía o no sé de qué, pegué una carrera y crucé delante del miedo que no le dio tiempo a verme. Yo no sé si corrí, o volé, todavía me lo pregunto; lo cierto es que llegué a mi casa y mi finada abuela, que Dios, si hay Dios la tenga en su seno, me tuvo que confortar. Mi cuerpo pasó de sentir un calor que me quemaba la piel a un frío espantoso en segundos. Mi pobre abuela no sabía qué me había pasado porque se me hizo un nudo en la garganta que me impedía enhebrar palabra. Cuando recuperé el resuello, le dije que había visto miedo en el barranco de Tejeleita. Ella se sonrió y me dijo, mañana con el día vamos para comprobar que es.

—¿Y fue al día siguiente? —preguntaron a la vez varios jóvenes.

—Claro, vaya que sí fui, ¡como un valiente! Mi abuela me acompañó, y allí estaba el miedo.

—¿No se había ido?, ¿qué era? —inquirieron las mismas voces.

—¡Un espejo!, un jodido espejo era el miedo. El vecino Braulio el Molinero se lo había prestado al compadre Manuel para que se afeitara y fue a devolvérselo y en la conversación que tuvieron lo puso sobre una pared de un lagar de burra, y allí lo olvidó. Mi pobre abuela me dijo: ¿ves lo que era? El temor lo tiene uno. Así, mis queridos muchachos, no teman al miedo.

Tras unos segundos de silencio, preguntó el joven pelirrojo:

—¿Qué es un lagar de burra?

—Eso se lo explico otro día —respondió el anciano—. Ahora les contaré otra historia verídica que no es de miedo.

Los jóvenes se miraron con deseo de seguir oyendo. Don Cayetano volvió a tomar su posición en el centro del grupo, y continuó.

—Una vez en el pago de Tiñor falleció una señora que vivía sola. Su familia había muerto a causa de una epidemia que vino a la isla junto con una plaga de cigarrón. Murieron los padres, tres hermanos, ocho tíos y cuarenta y cinco primos, y contaban que ella desapareció y estuvo comiendo hierbas silvestres y quien sabe qué, durante mucho tiempo. Los vecinos pensaban que también habría estirado la pata en una de las tantas cuevas de aquellos andurriales, pero no, regresó totalmente desconocida. Cuando se fue de casa tenía apenas trece abriles y apareció con dieciocho cumplidos y en esos años las personas tienen un cambio fuerte en su cuerpo. Usted, señor flaco, ¿cuántos años tiene? —preguntó don Cayetano.

—Tengo dieciséis, señor.

—Ya debería estar cambiando, siempre hay quien retrasa el desarrollo; pero ya verá que cuando salga del cuartel viene hecho un hombre.

—Eso dice mi padre también.

—La muchacha llegó al pueblo después de tanto tiempo de estar desaparecida y se corrió la voz de que era bruja, porque era imposible que escapara de aquella peste que entró en su casa, sin que tuviera algún poder del más allá.

—Don Cayetano, ¿nos dijo que no era de miedo? —interrumpió un muchacho que fungía de sacristán de la parroquia.

—No sea impaciente amigo, que todo cuento tiene sus prolegómenos. Iba diciendo antes que este joven me interrumpiera, que todo el vecindario estaba convencido de que la mujer era bruja. Vivía sola, nadie se le acercaba, y si alguien la encontraba de frente fijaba la vista en el suelo, escupían como si cruzara un gato negro y se persignaban, porque decían que si alguien la miraba a los ojos a los tres días le caía una desgracia. A una vecina llamada Rosalía, que presumía de no creer en brujerías, la miró y al tercer día se llenó la cabeza de piojos y chinches. La mujer, de nombre Edilia, intentó demostrar que no era bruja ni tenía relación con el mundo oculto, pero fue inútil; cuanto más se empecinaba en rebatir los comentarios, mayor era el convencimiento de que poderes tenía, y lo más prudente era no tocar con ella.

Ante los hechos, aceptó su papel de bruja. En la entrada de su casa y alrededores, colocó todos los restos e inmundicias de animales muertos que encontraba. Allí había cabezas de todo animal conocido: burro, vacas, cabra, perro, oveja, gato, y de cualquier bicho muerto, y en las noches de luna llena, se le veía bailando entre aquella parafernalia.

La fama de arpía aumentó el día que amaneció moribundo el cochino negro del vecino Casimiro en vísperas de la matanza, lo que era una desgracia para la familia que se quedaba sin vianda buena parte del año, porque un buen puerco era garantía para no pasar hambre. El dueño no lo capó por el salero que de lechón tenía al andar y lo dejo verraco.

La noticia corrió rápido en Tiñor y acudieron los hombres del pueblo por si podían ayudar, pero el animal tendido en el fango ya no daba señales de vida. Entonces cavaron un hoyo en un huerto cercano para quemarlo por si fuera alguna enfermedad contagiosa.

Entretanto se preparaban para arrastrar al cerdo muerto al foso, vieron venir a la hechicera dando brincos y saltos sin fundamento cantando canciones que nadie entendía mientras removía en el aire un manojo de hierbas. Al verla, los más curiosos dejaban sus quehaceres para observarla, y otros salían corriendo a esconderse. La bruja desde la puerta del chiquero llamó al cochino.

—¿Y tenía nombre el cochino? —preguntó el sacristán.

—Hombre, se llama como se llaman a los cochinos "chicho, chicho, chicho..." y a las tres veces el animal empezó a mover una pata trasera; entonces la bruja dio tres vueltas alrededor del chiquero cantando algo raro que ni era canción ni rezado conocido y de buenas a primeras, el cochino se puso en pie. Cuando la gente vio al cochino muerto caminar, salieron despavoridos para sus casas a contar el milagro. Casimiro no se atrevió a matarlo y murió de viejo. El verraco embrujado lo llamaron, y contaban que siguió dando crías y que, a partir de aquel día, todos los lechones que nacían eran blancos.

La bruja había entrado ya en los sesenta años y salía poco del hogar. Iba un tiempo que no la veían revolotear por allí, ni de día ni de noche. Un tal Esmeraldino se levantó para salir temprano de caza y un aire le trajo un cierto olor a podrido. Cuando regresó, lo comentó a los vecinos y acordaron dar cuenta a la autoridad. El alcalde pedáneo, que era un hombre serio, correcto y sensato, dispuso dada las cualidades de la mujer, llamar al cura para que viniera a limpiar la brujería, entrar en la casa, y si estaba muerta, darle cristiana sepultura.

El santo varón, era un personaje muy curioso, un tipo pequeño y orondo. Una vez en una apuesta, entre copas, porque le gustaba mojar el pico, lo midieron y tenía tres centímetros más de cintura que de altura, ¡imagínese el elemento! Lo apodaron el Garrafón.

—No me lo puedo imaginar, don Cayetano —le dice el muchacho escuálido.

—¡Haga un esfuerzo, hombre!

El cura, dada su gordura, se negaba a salir de la iglesia, a no ser en asuntos de extrema urgencia, teniendo, en su caso, que trasladarlo. El alcalde pedáneo comprometió al vecino Nicomedes, que se dedicaba a transportar carbón con dos mulos bien cuidados, pidiéndole el favor que le acompañara a la parroquia para hablar con el sacerdote, contarle el asunto y traerlo a la vivienda de la bruja. El arriero, ante tal petición, no pudo negarse, advirtiendo que el almanaque Zaragozano anunciaba agua y por las señas que veía en la atmósfera la mojadura era segura, pero vista la razón, no había más remedio que arriesgarse y allá fueron los dos hombres a la casa parroquial.

Por el camino se acordaron que al tonsurado le gustaba mucho unos tragos de orujo en las mañanas y pasaron por la cantina de un tal Sixto a comprar una cuarta. Llegaron con el sol alto, y el sacerdote terminaba de levantarse. Mientras hablaron con él y le explicaron la historia, sacaron la botella de aguardiente y la pusieron, como quien no quiere la cosa, en una mesita esquinera, en la habitación que hacía de recibidor. Al columbrar el aguardiente se atusó el bigote, y sin pensarlo cogió la botella y se pegó un buen lingotazo, sacudió el cuerpo como si no le hubiera gustado, pero sin cerrarla se tomó el segundo, se relamió y la tapó.

—Mis queridos fieles, he oído hablar de esa mujer maligna; sin lugar a dudas es un caso de brujería consumado. Está claramente poseída por Lucifer, el rey de los demonios, pero la Santa Madre Iglesia tiene armas suficientes para apartarlo del cuerpo y mandarlo a las tinieblas de donde nunca debió salir. Esperen un momento.

El alcalde y Nicomedes se alegraron de haber convencido al bueno del cura, quien sin tardar salió con un saco mediado de utensilios para el despojo.

—¡Vamos sin perder tiempo! —exclamó con autoridad el sacerdote.

Mientras Nicomedes aguantaba la bestia para que el alcalde ayudara al cura a subir a la albarda, un ligero rocío se cernía en la Villa proveniente de noroeste empujado por una brisa fresca.

—Señor alcalde, hágame el favor de pedirle a mi sobrina el paraguas —dijo el cura ya empotrado en la albarda —y la botellita de aguardiente, por si acaso el tiempo. ¡Es vital!

La lluvia arreció en la mitad del camino y apuraron la marcha para cruzar el barranco el Obispo y entrar en el pueblo, pero no hubo suerte. Cuando llegaron la correntía era fuerte. Amarraron una soga larga de pita del cabestro del mulo con aquel Garrafón montado, y cruzaron primero. Desde la otra orilla tiraron por la cuerda, y el animal mostró resistencia por miedo al agua que le pasaba una cuarta de los menudillos. El cura ante la situación, bien agarrado del pico de la albarda y bajo el paraguas, le dio por rezar un Ave María, y Nicomedes, que le oyó, grito:

—¡Coño, cállese, padre, que ese cabrón mulo es religioso y si oye rezar se pone de rodillas!

Capítulo XV

Don Cayetano se animó en la tertulia con los jóvenes, llegando a la casa más tarde que de costumbre, encontrando la mesa puesta. Apenas cenó, a pesar de que le habían hecho caldo de huevos, su comida favorita. Su nuera le reclamó con tiento el retraso porque el relente del ocaso le producía daño. Él no hizo caso, había vivido haciendo lo que el cuerpo le pedía, si bien, nunca dejó de escuchar a su amada Eusebia que, decía él, era una mujer con sesera.

Por la mañana no quiso a desayunar como siempre lo hacía; fueron a su habitación y estaba ardiendo en fiebre. Le prepararon una pócima de agua de orégano orejón, malojillo, canela y miel, pero la temperatura seguía estable, por lo que llamaron a don Pancho el médico, quien lo reconoció al instante y aunque fue un hombre fuerte y sano, si recordó que de joven lo trató de un tifus que le afectó un pulmón.

Los días pasaban y no presentaba mejoría. Ni los beberajes de la nuera ni las medicinas que recetaba el galeno le hacían efecto, y el carácter de don Cayetano se volvió triste y depresivo. Sentía el frío del más allá. Un día llamó a Eulalio, y le habló de lo corta y ancha que es la vida, de lo efímero que es el tiempo, de lo placentero que fue el matrimonio con su Eusebia, de cuánto dolor le produjo la muerte de su primer hijo y lo feliz que fue con los nacimientos de él y de Calixto. Del sufrimiento que tuvo cuando partió para la guerra y de la alegría de su regreso. Le encargó que no dejara nunca desamparado a su hermano, quien, por las circunstancias, estaba condenado a vivir solo, y a un hombre en soledad se le puede ocurrir cualquier locura, dijo.

Eulalio le contó a su esposa la conversación extraña que había tenido con su padre, y acordaron llamar al cura, pero cayeron en la cuenta de que don Cayetano despotricaba de la iglesia, del clero y de Dios, pudiendo tomarlo como una ofensa. Pensaron entonces avisar a su amigo Melitón convencidos de que acudiría a la llamada y eso le alegraría, así que le mandaron un recado con el chófer de la guagua que subía a Jarera todos los viernes a llevar el correo.

Melitón y Cayetano nacieron en el mes de mayo, y los dos, mientras sus padres estaban trabajando a jornal segando cebada en el Llano de los Frailes, en el Jorado. El día doce, al llegar de la faena, Laureano oyó el llanto de una criatura; entró despacio en su aposento y encontró a Guillermina parida. La miró, ella levantó la trapera y una sábana blanca de muselina y dijo:

—Aquí lo tienes marido, es machito.

—Se ve hermoso y sano. Le pondremos por nombre Cayetano, como tu padre, que fue buen hombre.

—Sí, gracias a Dios, se ve fuerte y muy guapo. Lávate para que lo toques.

—¡Estás loca!, eso será malo, ¿tocarlo con mis manos?

—Cómo va a ser malo la caricia de su padre. ¡Anda y aséate un poco!

Laureano corrió feliz a casa del vecino para darle la buena nueva de que había nacido su hijo.

—¡Patricio!, ¿dónde estás?

—¿Qué pasó Laureano?

—¡Guillermina parió un chico macho!

—¡Coño, que Dios lo proteja y lo bendiga! Yo pendiente también a ver qué trae Asunción. Deja que me enjuague un fisco pa ir a verlo y a celebrar.

—Sí, cuando quieras. Voy a matar una gallina y hacerle un caldo a la mujer.

—¿No te pondrás de zorrocloco?, preguntó Patricio.

—No, hombre, ¡qué coño zorrocloco!

Tres días después, el día quince, Asunción parió otro chico y lo llamaron como un bisabuelo que se fue a las Américas y más nunca se supo de él. Según contaban, era un tarambana, peleón, mujeriego y se pasaba por la braguета todo lo que ganaba, y aunque la vida del paisano no era un ejemplo a seguir, siempre le hizo gracia el nombre de Melitón. Es único, con fuerza, decía Patricio.

Al cuarto día de nacido, Cayetano lloraba como un descosido y se dieron cuenta de que la criatura pasaba hambre. Guillermina después del calostro se secó. Siempre pensó que una mujer de las Casas del Monte, con la que no guardaba buena amistad, le hizo mal de ojo. Susana Armas, una curandera del pueblo de Isora, la santiguó ocho días seguidos, y no pudo quitarle el quebranto, porque según decía, el sujeto que produjo el daño tenía mucha fuerza en la vista, y le echó un buen bilongo, por lo que Asunción tuvo que dar de mamar a los dos muchachos.

Melitón era un tipo sortario y rumboso; cuando lo alistaron a filas salió por mantenedor, así que mientras los de su quinta sirvieron en el ejército dos años, él emigró y viajó por varias partes del mundo, retornando ya cuarentón, casándose con su primera novia, quien le mantuvo la palabra dada en una tarde de sorimba y viento estacando las vacas en el lote de Jinama. Aquel día, cogiéndole la mano, le dijo:

—Te esperaré hasta que vuelvas, pase lo que pase.

—¿Y si no regreso?

—También te esperaré —respondió melosa Maigualida con los ojos aguados.

La decisión firme de emigrar a donde fuera, la tomó Melitón una tarde de sofocante calor haciendo pasto cuando su padre lo mandó con una cantimplora a buscar agua al aljibe las Limas. Cogió un balde viejo, todo picado de la falda de una calcosa, se apoyó en el brocal, miró y vio un charquito en el fondo, dejó caer el cubo lentamente para que no se enturbiara y lo sacó mediado de un líquido amarillento insado de restos de lagartijas y cucarachas ahogadas. En aquel momento pensó que habría otra vida, otro mundo, y se juró que más nunca bebería agua podrida.

Cuando Melitón recibió el recado de la enfermedad de su hermano de leche, se puso en marcha y al día siguiente, al amanecer, estaba en la Villa.

Después de tomar café en el bar La Aurora, fue a casa de Eulalio encontrando la puerta entreabierta, entró en el zaguán y llamó:

—¡Buenos días, que Dios les bendiga!

—¡Pase quien sea, la puerta está abierta! —contestó Eulalio asomándose al corredor que unía el comedor con la de entrada de la casa—. ¡Qué alegría me da verle!

—Es compartida, amigo Eulalio, aquí estoy respondiendo a tu llamada.

—Venga, que mi mujer está calentando leche para desayunar; me imagino que con la madrugada estará destemplado.

—No se preocupe, ya bebí algo en el bar La Aurora. Yo vengo muy poco a la Villa, pero cuando lo hago tengo por costumbre tomar un café con una magdalena, que las hacen en su punto.

—Siéntese para contarle. Mi padre hace ocho días se sintió desganado y con fiebre, lo ha visto el médico don Pancho, pero no se le nota mejoría y el otro día, sabe que es un hombre de pocas palabras con la familia, me llamó a su cuarto y estuvo hablando más de dos horas, de mi hermanito muerto, de cuando me fui a la guerra, de mi hermano Calixto, en fin, me pareció que estaba repasando su vida. Pensamos en llamar al cura, y usted conoce mejor que nadie como se las gasta con el clero, así que, entonces decidimos mandarle recado, porque es su único amigo verdadero, y consideramos que lo va a agradecer mucho.

—Te doy las gracias por haberme llamado. Él y yo nacimos, crecimos, lloramos, pasamos hambre y frío juntos, y mamamos de la misma teta. Sabes que mis padres no tuvieron más hijos, pero yo no los necesité para tener un hermano, que es Cayetano. Anda, llévame a su lado.

Eulalio fue delante y cuando abrió la puerta, el padre estaba ya vestido.

—Buenos días, ¿cómo se ha levantado tan temprano?

—¡Me asustaste Eulalio! Anda vamos a desayunar. Hoy me siento mejor.

Cuando salió de la habitación y se encaró con Melitón, se fundieron en un abrazo.

—¡Sabía que vendrías a verme! ¡Coño, qué alegría me has dado bribón! Estuve soñando contigo toda la noche, y mira, aquí estás.

—Me enteré de que andabas de farra y me dije, voy a echarme unas copas con mi hermano Cayetano a la Villa, y ya ves.

—¡Oh!, qué más quisiera yo. Si pudiera darle una vuelta a la vida, cuántas cosas que no hice haría, y una de ellas es tomarme unos vinos con los amigos de vez en cuando. En eso has sido listo, eres un hombre de mundo. Anda, vamos a desayunar que tenemos mucho de qué hablar.

Se dirigieron al comedor y la esposa de Eulalio, les sirvió leche y rebanadas de pan calientes.

—Espero que les guste, como no esperaba visita —dijo la mujer.

—Quién es el guapo que se atreve a poner una falta —alertó don Cayetano bromeando.

Se sentaron los hombres en la mesa y Melania se fue a la cocina.

—Mi querida nuera, venga y siéntese a desayunar con nosotros, que hoy es un día especial.

—Si usted lo dice, pero recuerde que su estado es delicado y tiene que cuidarse.

—De mi salud ya hablé con quién tenía que hacerlo y me ha dado licencia, y, además, nada va a pasar estando con mi familia. Mi hermano es un hombre que ha recorrido mundo; lleva más de treinta años fuera de la isla, ha estado en Cuba, Venezuela, Brasil, Argentina y qué sé yo, ha sido jugador, borracho y domador de fieras —dijo chistoso don Cayetano.

—¡Ja, ja!, tampoco tanto; tú pudiste emigrar, pero cuando te hablé para irnos, te negaste. Has sido más pegado a la isla y hogareño que yo.

—¡Oh…!, se me amontonan los recuerdos de aquellos años —dijo don Cayetano apoyando los codos en la mesa y rascándose la cabeza —Anda, cuéntales a mis hijos cuando estabas comiendo con una mujer en un restaurante de uno de esos países que tú caminaste y le robaron el plato.

—No me hagas poner colorado, que tú sabes que soy tímido.

—¡Ahora sí que el conejo me riscó la perra!, ¿tu vergonzoso?; jamás has conocido vergüenza. Si tú siempre formabas los líos y yo quien se quedaba apagando el fuego.

—Eso fue una vez en el Brasil. Como cosas de muchacho me busqué una novia morena, muy linda, Marcia se llamaba. Yo andaba por todos lados presumiendo de mi mulatica, y un día la invité a almorzar en un restaurante que tenía mesas en una terraza pegada a la calle. Pedimos para comer unos chuletones de buey, es una carne exquisita que la saben preparar bien, con papas fritas y en un instante que me despisté, veo a la mulata gritando mientras corría y pregunté: ¿Qué pasó?, ¡qué un patojo amañado me levantó el chicharrón!, decía la negrita desesperada.

—¡Ja, ja, ja!, cada vez que me lo cuentas me meo de risa. Es que me imagino la cara de la negra cuando miró para el plato y le habían robado la carne.

—¿Tuvo una novia mulata? —le preguntó Melania echándole una leve mirada a su marido.

—Mi querida nuera, no una, estás delante de un galán de su época.

Cuando terminaron de desayunar salieron a dar un paseo y llegaron a la plaza donde don Cayetano hacía sus tertulias.

—Vamos a sentarnos aquí, Melitón. En este banco me siento todas las tardes a contarles nuestras vivencias a los jóvenes y se me reúnen como una docena de muchachos, y quiero venir a sentarme contigo por última vez.

—¡No jodas Cayetano!, no seas pejiguera, ¿por qué por última vez?

—Porque me voy a morir, mi querido hermano; yo lo sé, lo siento. Después de aquel jodido paralís que se llevó a mi mujer, me entró una congoja que me está royendo por dentro, y, además, ya somos viejos, el tiempo se ha escabullido entre los dedos sin que nos diéramos cuenta, ¡cómo ha pasado tan rápido.... y tan lento en el sufrimiento! —balbuceó con voz cascada y quebradiza.

—Noto que te ha sentado la capital, te has vuelto filósofo. Nunca has sido adivino. Todavía recuerdo cuando diste por muerta la vaca pintada de parto, que se había hartado de amapolas borrachas y no sabías cómo decírselo a tu pobre padre, y al día siguiente estaba dando de mamar a dos becerros.

—Me haces reír con tus memorias; ¡cómo se alegró aquel hombre al ver a su vaca parida!

—Así que de agorero no te ganas la vida, y en el mes que entra vengo a visitarte, que yo ahora no tengo mucho que hacer.

—Ayer estuve muy enfermo, la fiebre me devoraba, y anoche hablé con mi mujer, la vi sentada en la cama y conversamos de todo. ¿Por qué crees que estaba levantado?, yo sabía que venías a verme. Esta es la mejoría de la muerte. Cuando subas le dices a mi hijo Calixto que me visite. Este muchacho no quiere salir mucho de casa por lo que le pasó con aquel cabrón hurón, pero eso ya está curado.

—Me asustas, Cayetano, jamás te había visto deprimido. Eres un tipo duro, con todo lo que has pasado y nada te ha doblegado, porque la vida no ha sido fácil para nosotros; fuimos pobres, pero nunca tristes, hemos encarado lo que nos ha deparado el destino como valientes, así que no me jodas con que te vas a morir y sigue contando cuentos a los muchachos, que tú sabes muchos. De Calixto no te preocupes, es un hombre de buenos sentimientos, serio y trabajador, y estoy seguro de que aparecerá, cuando menos te lo pienses, una mujer que lo quiera. Mírame, ¿quién iba a suponer que yo vendría a casarme con Maigualida? El dicho dice que el hueso que está pa uno, no hay perro que se lo coma.

—Bastante que sufrió la desdichada, los comentarios eran de todos los gustos, y mientras, tú de flor en flor como una avispa. Recuerdo a tu pobre padre cuando me decía: escríbele a mi hijo por si te contesta y sé algo de él; porque medio viva la vida si fuiste, menos mal que sentaste cabeza, aunque fuera tarde.

—Mira Cayetano, supiste desde un principio que yo me iba a donde fuera, la vida aquí no era ni pa perros, y te pedí que emigráramos juntos y no quisiste. Con quince años nos pasa de todo, aprendes en la maldad porque si no te engullen, pero siempre llevas dentro lo que mamamos en casa. Sabes que no fui manso y estuve un tiempo que quería experimentar cosas nuevas. Qué te voy a contar, a veces me comportaba como un chiflado, y hoy no me avergüenzo de nada y si me apuras, más debí disfrutar, y ahora que tenemos que comer no me apetece morirme, así que deja la melancolía y la pendejada.

—Cuando me dijiste que te ibas, lo pensé, pero fui cobarde; me asustó emigrar, aquel fue un día muy triste. Te diré que tu finada madre, que en la gloria esté, lloró días enteros. Nunca más se vio sonreír, y eso que era una mujer alegre. Recuerdo que cantó una folias cortando hoja en la higuera de la Ladera, y todos los que la escuchaban dejaban sus quehaceres para oírla; ¡qué voz tenía! Tengo presente lo que cantó:

> *Cuando un hijo abandona*
> *la casa donde nació,*
> *la pobre madre lloró*
> *con pena su despedida,*
> *por la pérdida sufrida*
> *de lo que en su vientre llevó.*

Menos mal que viniste antes de que murieran y los viste. No nos vamos a poner tristes ahora. Supongo que tendrás que irte y no quiero que se haga tarde, porque los de la falange salen de cualquier rincón como ratones, y hay uno que lo llaman el Cota, que parece que es ligero de manos y está haciendo de las suyas. Me contaron, que a la pobre Clementina la de Juan Fleitas, le mataron unas gallinas a tiros y le obligaron que se las guisara para ellos comérselas entre risas y fiestas.

—¡Hijos de puta! También me enteré de que metieron a los hombres de Isora en el casino y preguntaron si sabían dónde andaban los escondidos, y como nadie cantó dieron pescozones hasta que se hincharon, los muy cabrones. La cosa se está poniendo fea, pero no te preocupes, ellos saben con quién se meten. Vamos a recogernos.

Subieron lentamente la calzada adoquinada y entraron en la casa de Eulalio. En el zaguán se despidieron en silencio, con otro abrazo muy intenso. Don Cayetano caminó por el pasillo que comunicaba con la sala comedor, y Melitón hacia la puerta de la calle, pero antes de salir giró la cabeza y el amigo lo estaba mirando, ambos lloraban; sabían que era la última vez.

Capítulo XVI

Amable Caro era un personaje misterioso. No se sabe muy bien cómo recaló a la Isla. Se decía que fue superviviente de un buque inglés que naufragó torpedeado por un submarino alemán, que llegando a tierra vivió escondido, y después, ya repuesto, recaló en el pago de Jarera Abajo trabajando de pastor de ovejas con un tal Dio Cobo, también venido de fuera. Al tiempo se casó con la más joven de las hijas de Benilde, sepulturero y capador de puercos, una escuálida muchacha a quien el padre obligó a desposar por hambre.

El enterrador era tan gandul y desajeitado que nunca hizo un trompo que bailara. Su trabajo fue preñar a la mujer, abrir tumbas en el cementerio, y capar algún cochino. Apenas vio la oportunidad de colocar a una de sus hijas, no lo pensó dos veces, porque era imposible mantener a las catorce bocas que tenía en casa. Se la ofreció a Amable siendo menor de edad, con la condición de que la alimentara, y llegado el momento en que las autoridades lo permitieran, se casarían.

El mismo día que ella cumplió los dieciséis años contrajeron matrimonio, y ya estaba embarazada. El sacerdote, un abusador tragón, le obligó a dar tres carneros y diez kilos de queso por oficiar la boda, de lo contrario, al estar preñada, era carne de excomunión y condenada a vivir en pecado mortal el resto de su vida, decía, con solemnidad cristiana. Un tiempo más tarde, el cura estuvo en cama de una paliza que le dieron cuando regresaba de una misa en Jarera. Nunca se supo quién fue el autor, pero a partir del incidente, no volvió a pedir indulgencias por celebrar los santos oficios.

A los seis meses y veinte días del casorio de Amable con Eloísa Pitanga, nació un muchacho robusto, y el padre lo apuntó en el registro civil con el nombre de Eudoro, primer y último Eudoro que se conoció en la Isla.

Amable, después de casado, mejoró su fortuna. Era un trabajador serio y ambicioso y poco a poco se fue procurando hacienda y dinero, que permitió a su familia vivir con desahogo en unos años donde el hambre y la necesidad azotaba a la población.

Eudoro Caro se crío fortachón, pero después de cumplir los cinco años empezó a ponerse remilgado y flaco. La ictericia y la angurria se lo comían. En el cuartel, al lado de otros soldados, era un chiquillo imberbe. No había uniforme de su talla, y verle vestido de militar era un espectáculo bochornoso para un muchacho sin malicia, convirtiéndose en el monigote de la compañía hasta que un alférez de milicias, estudiante de medicina, le nombró su asistente. Cuando llevaba un año de servicio, dio un estirón, y al parecer se le estiró todo, de tal manera que en unas maniobras fue visto por otro soldado mientras hacía sus necesidades en medio de una maleza, y al incorporarse a la tropa lo recibieron con una ovación cerrada por sus compañeros. Él se sorprendió al enterarse del motivo del aplauso, pues pensaba que aquello que tenía era algo normal en el común de los mortales. Así Eudoro, por obra del destino, se hizo famoso sin quererlo y sin desearlo. Decía que era el efecto de las vitaminas que el Oficial le dio al estar tan esmirriado, lo cierto y verdadero es que su fama le precedía.

En un permiso cuartelero, regresó a casa hecho un hombre. Nada que comparar con el muchacho esquelético y mala visión de cuando fue quintado. Ahora era un tipo apuesto, de barba tupida, pelo rizado, bigote negro poblado, un cuerpo esculpido y además andaba el rumor de que los dioses lo bendijeron en sus partes.

En una misa de domingo se cruzó con un grupo de muchachas. Él sintió que lo observaron, giro la cabeza, y descubrió los ojos verdes de una joven clavándose en él. Se reservó el incidente amoroso. Las posibilidades de encontrarse en el pueblo eran escasas. Preguntó por la muchacha y le dijeron que era la entenada de Calixto.

Al regreso del servicio militar encontró que su enamorada secreta trabajaba de criada para sus padres, lo que facilitó la relación entre ambos y pronto surgió el comentario en el pueblo del entendimiento de Eudoro Caro con Nicolina Sofía.

Capítulo XVII

Aquel día, como era la costumbre, Andrés se levantó temprano, cogió su maletín con los instrumentos de pelar y salió sin hacer ruido de la casa. La calzada apestaba a meados y cagarrutas de cabras de los jabardos madrugadores que subían a pastar al jarrabuy. Cuando bajaba por el camino la Laja, tarareando la música de una canción ranchera que los venezolanos habían puesto de moda, para tocarla la noche del jueves en el baile del casino, donde era el tocador oficial, ya las hormigas rebosaban por las grietas del empedrado y las andoriñas revoloteaban rastreras, barruntando unos días calurosos.

Mientras caminaba, sentía el bullir del despertar en las casas vecinas que se organizaban para salir al trabajo. Se encontró con Julián subiendo con su burro zamorano que había negociado en la Apañada a un marchante del norte, el cual resultó ser un arritranco espantadizo y rengo. La bestia, al encarar con Andrés, se quedó reparón y espirró con fuerza.

—¡Arre, cabrón, ¡qué coño te espantas, ¿no ves que es Andrés?
—¡Ese animal te va a matar, Julián!
—Si yo puedo no, a palos lo doblo—dijo descargándole la zurriaga en las caderas.

El burro quiso respingar, pero un segundo zurriagazo dado con jeito, le hizo enderezar el rumbo y subió la calzada como un rayo.

Andrés se detuvo para oír el sermón diario que Belisario le echaba a su vaca parda suiza. Aquel animal al soltarlo de la cuadra nunca cogía el callejón, sino que iba directo a la huerta a buscar alguna hoja de col.

—¡Siempre el mismo cuento contigo! Te voy a guisar un puchero. ¡Será animal terco! Todos los días le clavo la aguijada y todos los días hace igual. Deja que venga el marchante que vas a coger el velero, vaca asquerosa.

—Como no te pase como a Camilo Arteaga —soltó Andrés a modo de chisme.

—No me he enterado, hace días que no salgo de casa porque siempre estoy con el mismo trajín, ¿qué le pasó?

—Que vendió la vaca y a la hora de cobrar, la Junta de Abastecimiento se equivocó y le mandó el dinero a un tal Jacinto y tuvo que intervenir el delegado del Gobierno para que le devolvieran sus cuartos, porque el tipo se negó.

—Menudo lío entonces. Si soy yo las pierdo. Si tengo que tocar con la justicia me erizo los pelos.

—Eran cuatrocientas setenta y siete pesetas, que no es un juego.

—Hombre, por esa suma se hace lo que sea, ¿y al final las cobró?

—La justicia obligó al otro a devolver al pobre Camilo su dinero, que bastante necesidad tiene.

—Menos mal. ¡Qué sinvergüenza es el tal Jacinto!

Andrés llegó a las tuneras coloradas de la tía María Machín, como acostumbraba. Era un pencón frondoso que cubría una parte del ancho del camino creando debajo una sombra fresca. Limpió el suelo de piedras menudas y de las enjellas caídas para que asentara bien el banco que le prestó Carmen la de la tienda. Abrió su maletín, sacó las maquinillas de pelar y fue soplando los restos de pelos que se quedaron pegados los días anteriores. Puso los utensilios sobre las lajas vivas perfectamente colocadas que tenía ya preparadas, si por suerte los chicos con sus travesuras no las habían cambiado.

—¡Llegaste temprano Andrés! —gritó Hilario que iba con media docena de cabras mochas por la carretera.

—La marea se espera en la mar. Con este calor no podía dormir y me vine.

—Cierto. Estamos casi en verano y calientan los tiempos.

—Sí, pero este año está más bravo.

—Eso es que parece; no nos acordamos de los años pasados. Voy a que estos bichos coman algún rastrojo.

Andrés siguió adecentando el sitio para cuando llegara el compadre Quintero, que había quedado en venir temprano a que le echara un parisién, y también para los curiosos que, en su regreso de las tareas del campo, se iban parando un rato de tertulia hasta la hora de yantar. Las conversaciones eran recurrentes, el tiempo, los animales, la guerra, los escondidos y algún otro chisme, pero nadie esperaba que aquel día, dos de mayo de mil novecientos cuarenta, quedara en la memoria de un pueblo en el que nunca pasaba nada.

Andrés, mientras esperaba a los que había convenido pelarse, dio unos pasos para estirar las piernas, cuando vio acercarse a un hombre a carrera abierta que cruzó a su lado como alma que lleva el diablo, que ni conoció ni le dio tiempo a preguntar si llevaba novedad.

—¿Qué habrá pasado?, seguro que alguien se jodió, ¡adiós baile y al carajo mis quince pesetas! —murmuró para sus adentros.

Desorientado y pensando en lo que habría ocurrido, estuvo unos instantes cuando Domingo el Abogado, así conocido por la calma con la que hablaba, le preguntó.

—Andrés, ¿sabes si pasó alguna desgracia?

—No sé nada, pero cruzó por aquí un hombre que ni me dio tiempo a saber quién era, a toda carrera y traspuso por la carretera.

—Algo pasó; tenía la ventana abierta para que entrara un poco de aire porque el calor no me dejó dormir anoche y oí un alarido fuerte de mujer venía del norte.

—Allá viene mi compadre que quería cortarse las greñas. Debe estar enterado.

—¡Buenos días! —saludó Andrés.

—Corriendo vengo porque algo malo pasó en Bicácaro. ¿No saben nada? —preguntó Quintero casi sin resuello.

—¡Coño, esto es maldición!, ya somos tres! A poco más se reúne el pueblo y nadie sabe nada.

Con las dudas estaban cuando vieron al mismo hombre, apresurado, en dirección contraria, acercarse.

—Ahí viene el que pasó corriendo antes.

—¿Quién es? —preguntó el compadre Quintero en voz baja.

—Se me parece a Timoteo —respondió Domingo dudoso.

El individuo con la misma velocidad que traía pasó cerca de ellos.

—¿Lleva novedad? —preguntó Andrés.

—¡Si, no se nota! —dijo el caminante con tono seco y siguió.

—¡Esta sí que jodió! —exclamó Domingo—. ¡Y no nos enteramos de qué carajo pasó!

—No es Timoteo, es Calixto —aseguró Quintero.

—Sí, Calixto —afirmaron ambos.

Los hombres que iban llegando de la faena se sorprendían de los comentarios y se quedaban especulando sobre qué habría pasado en Bicácaro.

—Será que se ahorcó Longino, que está el hombre medio jodido —dijo uno.

—Igual se tiró al aljibe Leonora, que parece que el matrimonio no iba bien —murmuró otro.

-A no ser que se riscara León detrás de alguna oveja.

En fin, todo eran conjeturas sobre posibilidades, pero el grito que oyó Domingo desde su ventana y el comportamiento de Calixto, no dejaba dudas de que alguna desgracia había caído en el pueblo.

Cuando el grupo de hombres era más numeroso, Juan de los Reyes propuso ir a Bicácaro para salir de la duda.

—¡Hagan lo que quieran, pero yo voy a enterarme qué ocurre! No podemos estar aquí hablando macanadas porque igual necesitan ayuda.

—Tienes razón, menos mal que por una vez en tu vida pensaste bien —dijo Alipio quitándose el sombrero y buscando con sus dedos una liendre en su escasa melena.

—¿No iremos todos?, asustamos si vamos una trulla!, manifestó Domingo el Abogado. Que vaya Mongo contigo, que es el más joven.

Salieron caminando ligeros mientras los hombres buscaban asiento en las piedras de la pared de la casa los Tejeros que hacía de mentidero esperando la novedad. A la vez, otros vecinos se unían al algarabío, sumándose a los comentarios de lo que pudo ocurrir, que tanto gustan en los pueblos donde nunca pasa nada.

En la espera, el viejo Cirilo, el de Aragando, contó una historia que oyó a su abuelo, que a su vez la escuchó de chico, a un tal Mauricio Natera, conocido como el Matón, sobre una desgracia que sucedió en el mismo sitio, en Bicácaro, y que jamás se descubrió ni se supo quién fue el criminal si lo hubo, porque en la forma en que ocurrió era más obra del más allá que de ser vivo.

El hecho fue que, en el cruce del barranco con el camino real de la Fajana había un moral muy alto y frondoso que estaba en disputa por dos hermanos. Una noche, cuando el mayor se iba a dormir, vio una luz en la mata y pensó que era su hermano cogiendo las moras, pero al llegar al lugar solo vio una vela encendida en el tronco. En eso, al otro le ocurrió lo mismo. Desde su casa, vio la luz y se fue también al sitio. Nunca se supo de ellos, ¡cómo si la tierra se los tragara! Por la mañana seguía el velón encendido al pie del árbol.

—¿Y desaparecieron los dos individuos sin dejar rastro? —preguntaron varios a la vez.

—Eso contó mi abuelo Ceferino, que no era un hombre de cuentos. En aquel barranco hay un juaclo que no se ha dado nunca con el fondo, y contaba que dentro de él se oían ruidos y gritos de ultratumba. Se decía que el espíritu del común padre vino y se los llevó a los dos por haber incumplido la promesa que le hicieron en su lecho de muerte, de nunca pelearse por la herencia ni por causa alguna. La cueva después de eso fue entullada y así sigue. Vayan para que la vean si dudan de mi palabra, pero yo no entraría en ella.

Terminando el cuento el viejo Cirilo, ya estaban llegando los mensajeros.

—¡Cuidado, déjenos sentar!, ¡qué desgracia! —dijo Juan de los Reyes, tirándose al suelo asfixiado.

—¿Qué averiguaron? —preguntó Andrés nervioso.

—¡Apártense para que respiren! —reclamó Miguel el de Emérita —¿No ven como vienen?

—Esperen que coja resuello, respondió Juan de los Reyes, más tranquilo.

—¿Volvió el espíritu del mal?, cómo me dijo mi finado padre que en la gloria esté.

—Tiene razón don Cirilo, balbuceó el joven Mongo todavía desmayado.

—¿Qué?, ¿Desapareció alguien? —preguntaron varios de ellos.
—Si hubiera desaparecido habría esperanza de encontrarlo con vida, pero esto es peor.
—¡Digan ya de una puta vez!, ¡qué coño tanto cuento! ¿Qué pasó? —preguntó poniéndose en pie y cabreado Casiano, que había permanecido callado oyendo toda clase de ocurrencias.

Mongo, ante el gesto serio de aquel hombre, dijo:
—¡Mataron al hijo de Amable Caro! Le escacharon la cabeza y le rebanaron el pescuezo.

Capítulo XVIII

Los vecinos quedaron en un temblor, azarados.

—¡Le rebanaron el pescuezo! —repetían.

Se miraban entre ellos como buscando respuesta y solo gestos de incredulidad, de pena, de rabia, de duda, de dolor.

—¡Pobre familia, qué desgracia! —dijo una voz quebrada.

—Dígalo usted —se oyó, por otro lado.

—¡Desdichado padre, era su único hijo! —terciaban por la otra esquina.

—¡El que lo hizo merece que le escacharan la cabeza! —sentenció otro ya en tono más violento.

Los hombres se fueron yendo cada uno por su lado, pensando en la desgracia que había caído en el pueblo. Andrés recogió su herramienta, devolvió el banco a Carmen, y subió la calzada rumbo a su casa.

—Qué temprano llegaste hoy; ¿no había nadie a quien pelar? —preguntó Carmela.

—¡Cállate mujer, que casi no subo la calzada!

—¿Te dio algún tarambullo?

—Se me quedó el cuerpo cortado con la noticia.

—Bue, ¡qué ocurrió!, aquí que nunca pasa nada.

—Hoy sí ha pasado, y muy duro. Este día no se olvidará en muchos años.

—Pues canta ya, que me tienes en un ten con ten.

—Al hijo de Amable Caro, el de Bicácaro, le rebanaron el pescuezo y le escacharon la cabeza.

—¡Ay Dios mío! ¡Isús…! Isús… Isús! —seguía repitiendo mientras se sentaba en un peldaño de la escalera de la parte alta de la casa —.¿Y quién lo hizo?

—¡Qué se sabe mujer!, ahora vendrán las averiguaciones, la Guardia Civil y la justicia… todos ellos estarán mañana en el pueblo como moscas a la mierda!

—Voy a pelar las papas y ponerlas al fuego. No te esperaba tan temprano.

—No creo que pueda tragar nada con el nudo que tengo en el gargantón.

—Con lo que te pagaban por tocar mañana por la noche en el baile, le compraba unas alpargatas para los muchachos, que ya les hacen falta.

—¡Por Dios mujer!, qué arrancadas tienes con lo que está pasando —respondió Andrés olvidando que él había pensado lo mismo.

La noticia del crimen corrió como la pólvora por los pueblos. El delegado del Gobierno elevó a la superioridad un telegrama dando cuenta de los hechos, que decía:

Excmo. Señor:

Tengo el sentimiento de poner en conocimiento de V.E. que en la mañana del día de ayer fue hallado muerto en su lecho el vecino de esta localidad, avecindado en el Pago de Bicácaro, Eudoro Caro, de veinte y tres años de edad, tratándose de un asesinato perpetrado en la noche anterior, de cuyo hecho entiende el Juzgado de Instrucción de este Partido.

Por Dios España y su Revolución Nacional Sindicalista. Dios guarde a V.E. muchos años.

La Villa de El Hierro, 3 de mayo de 1940.

Al día siguiente, amaneciendo, el pueblo estaba convertido en un destacamento de la Guardia Civil y del ejército. Paraban a todo el mundo:

—¿A dónde va usted?

—¿Qué hizo ayer?

—¿Cómo se llama?

—¿Qué lleva en la talega?

—¿Dónde vive?

—¿Ha visto algo raro en el pueblo?

El interrogatorio fue general. El crimen no era para menos, y por la forma de actuar de la Guardia Civil, todo el vecindario era sospechoso. Dos días estuvo el pueblo sitiado y vigilado. Por las noches solo se oían los golpes secos de la herradura de las botas de los agentes al impactar con las piedras vivas del camino, ¡clan! ¡clan!, ¡clan! La única señal de que en el lugar había algo vivo, eran los ladridos desaforados de los perros.

Al velorio fueron los vecinos cercanos. Unos números de la Benemérita vigilaban en el callejón de la entrada de la casa y otros, desperdigados por la zona, observaban si había algún movimiento que diera indicio de sospecha, ante lo cual, lo mejor era esconderse y así evitar cualquier tropiezo con los agentes.

El día del entierro la isla entera acompañó. Fue todo el que se podía arrastrar. La juventud del muerto, la forma en que lo mataron que además de rebanarle el pescuezo, también le habían reventado la cabeza de un toletazo, hacía que, ante un hecho tan repugnante, la movilización de rechazo y repulsa de un pueblo, donde nunca pasaba nada, fuera total.

La investigación siguió produciéndose sin demora. Había que localizar al criminal a como diera lugar. No cabía duda que alguno de los vecinos fue el vil asesino, y como entre el cielo y la tierra no hay nada oculto, el descubrir la mano ejecutora era cosa de tiempo, porque por las buenas o por las malas, la Guardia Civil los haría desembuchar.

Una de las pesquisas consistió, en poner a los hombres de Bicácaro en fila y ordenarles que cogieran un palo que habían tirado en el suelo, para que lo manipularan y descubrir con que mano lo hacían. Después se supo, que el golpe que le reventó la cabeza a Eudoro, lo dio un zurdo.

Al entierro fue un gentío, el más concurrido que se recuerda en la isla. Acompañaron también el alcalde Mayor, el delegado del Gobierno, el presidente del Cabildo, el juez de Instrucción y el Comarcal, y, además, los agentes de la autoridad de que se disponía en el destacamento de la Villa y un escuadrón del ejército.

Un fino rocío se deslizaba por la ladera empujada por un biruje apaciguado que se escabullía de entre la Montaña los Hilochos. El juez llevaba un gabán de tres cuartos, y al advertir a un señor casi sin ropa apropiada, caminar triste y abatido detrás del cajón del muerto, cargado por cuatro hombres, mandó a un somatén que le acompañaba, a que le diera su abrigo. Calixto levantó la vista del suelo, miro al individuo y le dio las gracias con un gesto. Cogió el tabardo con la mano izquierda.

Capítulo XIX

La investigación fue rápida, si el día dos de mayo se había producido el asesinato, cuatro días más tarde se esclarecieron los hechos y se detuvo a los autores.

Dos guardias civiles, Rafael Oliver Padilla y Amancio Amancio, del destacamento de la Villa, practicaron las diligencias y trasladaron al señor delegado del Gobierno el siguiente atestado:

Cuenta de un Asesinato y detención de los presuntos autores, ocupando armas y efectos recogidos.

Como ampliación a mi telegrama de fecha 4 del actual, en que comunicaba a su Autoridad, de haberse cometido en esta Isla, el día 2 del mismo un Asesinato y cuyo hecho ha ocurrido en la forma siguiente:

Sobre las 9 horas del referido día, se presentó un vecino del caserío de Bicácaro, sito en este Término municipal, ante el Señor Juez de Instrucción del Partido, denunciándole, que en la casa que posee en aquel sitio su convecino Eudoro Caro, de 24 años de edad, soltero, labrador, hijo de Amable y Eloísa, había sido encontrado muerto, por su madre en la cama donde dormía, con la cabeza destrozada y llena de sangre.

Al tener noticias el que suscribe del crimen, por habérselo comunicado el Presidente del Cabildo Insular de esta Isla, don Fernando Ayala Méndez, en misa, el que suscribe en mutua cooperación, con el Señor Juez de Instrucción, Magistrados, y Fiscal de la

Audiencia Provincial, en comisión de servicio, y una vez constituido el Juzgado, salió acompañándolo, en unión del de igual clase Rafael Oliver Padilla, con el fin de practicar las diligencias requeridas, encontrando al llegar al citado caserío, en una casa de una planta, de las conocidas por pajeros, que había en la entrada de la puerta, un palo de haya, de una longitud de ochenta por veinte centímetros de grueso, lleno o manchado de sangre; en el interior del domicilio, sobre un camastro en el suelo, hecho de hojas de pino seca y a medio cubrir por unas mantas, se hallaba una persona tendida boca abajo, los brazos en cruz bajo el pecho, con las piernas encogidas, desnudo, en medio de un charco de sangre, que le brotó de la cabeza.

Reconocido por el médico forense, certificó se hallaba muerto, teniendo la base del cráneo destrozada, y la cabeza casi separada del tronco, debido a que su asesino, lo había degollado, al parecer con una navaja barbera.

Una vez ejecutadas las diligencias de reconocimiento de la víctima, el señor Fiscal de la Audiencia, ordenó al que suscribe, llevar a cabo las prácticas necesarias, para el descubrimiento de tan horroroso crimen, siendo conocedor de la demarcación de la isla, y que recogiera como prueba del delito o piezas de convicción, lo que encontrase en los registros domiciliarios.

Seguidamente y auxiliado por el compañero de pareja ya mencionado, se procedió a la detención de los vecinos siguientes: todos del citado Caserío, que son Higinio Castañeda Cabrera, de 74 años, casado, Amable Caro, mayor de edad, casado. Facundo Armas Zamora, de 47 años, casado. Gregoria Ramona Zamora, mayor de edad, soltera. Maximino Armas Cabrera, de 54 años, casado, Nicolina Lima, de 16 años, soltera. María y Angélica Cabrera Padrón, de 19 y 17 años de edad, respectivamente, solteras, los cuales fueron entregados a la Autoridad Judicial, como presuntos responsables del crimen.

El día 3 del actual y mientras dicho Juzgado practicaba las diligencias de Autopsia al cadáver; el guardia que suscribe, auxiliados por los compañeros Rafael Oliver Padilla, Enrique Fernández Remigio, Francisco Garrote Martín, y falangista Don José Gutiérrez Padrón, procedieron a practicar registros domiciliarios, en los que se citan a continuación, hallándose las armas y efectos que fueron recogidos y entregados a la autoridad Judicial; estos son los siguientes:

En el domicilio de Adolfo González García, de 18 años de edad, casado, se halló, durante el citado registro, una navaja barbera, dos fulminantes y dos pequeños trozos de mecha para barreno, una llave de pugilato de púas de plomo, ciento sesenta pesetas en monedas de plata de a cinco.

En el domicilio del padre de la víctima, Amable Caro, fue hallado lo siguiente: tres cuchillos de los llamados canarios de largas dimensiones en mediano uso, una navaja de afeitar, un revolver "Smith", calibre 38, sin número de fabricación y descargado, cinco cartuchos para armas cortas de fuego, fotografías y documentos de interés.

En el domicilio de Máximo Armas Cabrera, se halló una navaja barbera, que había escondido en un estercolero en el patio de la casa; en virtud de los registros efectuados y resultado favorable, se procedió a la detención del Adolfo Armas García, Adelina García Acosta, esposa del Máximo Armas Cabrera y madre del anterior, Dominga Acosta Zamora, mayor de edad, casada, Antonio Arteaga Cabrera, mayor de edad, casado, jornalero, Manuel Armas González de 24 años, soltero; los que fueron entregados a la autoridad judicial con todo lo ocupado y diligencias instruidas.

De inmediato se procedió cooperando con el Juzgado de Instrucción y fiscal ya mencionado, al esclarecimiento del crimen, el cual quedó descubierto en la madrugada del día cuatro del actual, confesándose sus autores de tan repugnante hecho, los cuales se detallan a continuación, Amable Caro, padre de la víctima e inductor del crimen, Calixto Quintero Machín, autor para cometer su delito, quien penetró en el pajero de la víctima, en el momento en que se hallaba yaciendo con su novia, como a las veintitrés horas del referido día, dándole con el palo en la cabeza repetidamente y degollándolo después. El carácter de este asesinato, se desprende sea pasional, ya que con el esclarecimiento del hecho se ha demostrado, que el padre de la víctima tenía celos, pues también cortejaba a Nicolina Sofía, con la cual ambos sostenían relaciones íntimas, la que figura como principal protagonista de este hecho criminal. Por cuyo motivo se dio por terminadas las diligencias a las dieciocho horas del día cuatro ya referido, quedando todos confesos de su delito y a disposición de los Tribunales correspondientes, recogiéndose de todas las diligencias practicadas los correspondientes recibos.

Lo que tengo el honor de participar a V.S. para su superior conocimiento.

Dios, guarde a V.S. muchos años más.

La Villa. 6 de mayo de 1940.

El Guardia 2° Encargado.

Señor Delegado del Gobierno de esta Isla de El Hierro.

Capítulo XX

Estaba el caldero mediado de agua, con unas papas menudas y un trozo de carne de cochino en salmuera al fuego, y se dio cuenta de que no tenía fideos para rancho y lo mandó a la tienda de Angelino Zamora por medio kilo. Cuando llegó, su madre los vació en el caldeo a punto de hervir y le dio el papel vaso, lo metió en el bolsillo después de doblarlo y salió corriendo para la escuela.

Era sábado y tocaba repartir leche en polvo, y como, además era final de mes, también correspondía un trozo de queso bola y aunque él no iba a la escuela por no tener la edad, era vecino del maestro y le dejaba formar la fila como un alumno más.

El profesor, demostrando absoluta autoridad, y de forma ceremonial, cumpliendo con la ordenanza gubernamental del programa de desarrollo integral de los jóvenes del glorioso movimiento nacional, una medida para paliar el hambre, llamaba a cada uno de los sesenta alumnos por su nombre:

—Juan Isidoro, Fulgencio, Julio, Dacio, Andrés, Vidal, Cándido, Inocencio, Pedro, Carmelo…

—¡Servidor! —contestaban.

Bernardo Vega, el maestro, era un desdichado personaje con pinta de poeta abandonado. Comenzaba el rito colocándose a pie firme delante de los dos bidones, de leche en polvo uno y de queso bola el otro. Con voz sonora ordenaba ponerse en fila de menor a mayor, que los alumnos cumplían de inmediato.

Una vez, un tal Fermín Eduno se quedó fuera de la hilera y al verle queriéndose incorporar, cosa que le impedían los compañeros, el educador, sin perder la compostura, lo castigó a quedarse sin su ración.

—¡Jódete! —, dijo en voz baja Quico el Gordo mientras Fermín lloraba de magua viendo al resto recoger la porción de alimento.

En su ceremonia particular, el maestro introducía un jarro pequeño en el primero y lo sacaba raso del polvo blanco que vaciaba en los cacharros que traían preparados desde casa los muchachos. Con igual parsimonia, cogía un cuchillo puntiagudo con el cabo de palo redondo, lo limpiaba en el perfil del cilindro del bidón y con corte de cirujano diseccionaba la bola en trozos cúbicos que pinchaba con la punta del facón, y lo dejaba caer en la mano de cada uno, ¡su ración!, repetía tantas veces como alumnos hubiera.

Cuando llegó el turno al pequeño José, sacó del bolsillo de su pantalón corto el papel vaso y fabricó con rapidez un cucurucho y extendió el brazo

—¿Y usted cómo se llama?, no tengo el gusto de conocerle —dijo el profesor en tono solemne.

—Soy el hijo de Amada.

—¿Ya viene usted a la escuela?

—No tengo edad, pero mi hermano sí.

—Ah… entonces es por derecho de consanguinidad.

—No, señor, es porque mi madre me dijo: vete a la escuela que hoy reparten leche en polvo y queso bola por si te cuelas y te dan algo.

—Si es por eso, le daré las raciones que se merece.

Cuando terminó el reparto, saliendo de la puerta de la escuela, el maestro encontró a José atufado recogiendo entre la tierra los gamames de leche en polvo. Canducho, un chico mayor, le atravesó el pie mientras salía contento caminando ligero.

Fermín, con retranca, esperó a Quico y le dio unos moquetazos. En apenas de tiempo se formó un corro para disfrutar de la pelea.

—¡Nadie se ríe de mí en mi cara cabrona! — gritaba encolerizado.

Cuando Fermín se hartó de darle estampidos, se levantó, se sacudió el polvo, cogió su maletín y se fue henchido de placer. Quico quedó retorciéndose en el suelo.

Al mes siguiente, al maestro lo echaron. Las autoridades de la isla habían enviado un escrito al Gobernador Civil con el siguiente tenor:

"Excmo. Señor:
Tengo el honor de comunicarle que el maestro de la escuela Nacional de niños en el pago de Isora de este término don Bernardo Vega Quintero natural de Benares (Huelva), a juzgar por el abandono de sí mismo en que vive, durmiendo en un mal jergón en el propio local de la escuela, donde hace también de cocina y comedor, teniendo por costumbre dejar de dar clases los días que ocurre el fallecimiento de algún vecino, manifestando a los niños que ese día el pueblo está de luto y otras circunstancias características observadas en dicho señor, hace suponer que se trata de un enfermo mental, todo lo que pongo en conocimiento de V.E. para la resolución que proceda.
Por Dios España y su Revolución Nacional Sindicalista. Dios, guarde a V.E. muchos años".

El dos de mayo de mil novecientos cuarenta, no izó la bandera como señal de llamada a clase. Aquel día de triste memoria, cerró la escuela porque alguien mató a otro en Bicácaro. Aquella vez acertó, el pueblo estaba de luto.

Capítulo XXI

Una vez terminadas las pesquisas, la Guardia Civil detuvo a medio pueblo y fueron presos, primero en la cárcel de la Villa y después, algunos de ellos, en la Prisión Provincial.

El traslado se hizo buscando el sendero menos largo y poco transitado; fueron caminando, esposados y custodiados por los guardias civiles. Los vecinos y familiares querían linchar sin más a Amable y a Calixto, a quienes trasladaron solos y extremando las medidas de seguridad.

Sobre los hombros de Calixto, a modo de patíbulo, los guardias pusieron la raja de leña de haya con la que machacó la cabeza de Eudoro, y a ella le amarraron los brazos. Amable, esposado con las manos a la espalda, tenía la cara media tapada con un sombrero de paja. A porrazos los hacían caminar.

Calixto era un hombre entrado en años y los avatares de la vida le habían marcado huella. Su figura era un espectro en sí. La cabeza, escasa de pelo, dejaba vislumbrar una frente amplia donde le había nacido un lunar negro velludo, resaltando unas cejas pobladas, blancas, largas y alborotadas. Su cara, con una barba de días, cubría en parte las secuelas que dejó las mordidas del hurón.

La noticia del crimen de Bicácaro se conoció de inmediato. La rabia y la inquina fue tal que, sin esperarlo, los vecinos de la Villa y de otros pagos se congregaron en el Puente para contemplar la llegada de los detenidos.

Al oír las voces al bajar por las calzadas de Tesine de: ¡Asesinos!,

¡asesinos!, ¡asesinos!, el gentío se amontonó en la calle el Teatro, curiosos en conocer al criminal que había matado a un muchacho en la flor de su juventud.

Calixto, abatido y hundido en su propia miseria, se desplomó. Los guardias civiles lo protegían de los que querían lapidarlo, y a golpes, empujones y patadas lo hicieron caminar hasta la cárcel.

Aunque iba custodiado, con la cabeza gacha, gibado, no pudieron librarlo de un palo en el cogote que le dio Simón, un pariente de la familia, que lo dejó espatarrado en el suelo. El griterío fue espontáneo. La gente corría detrás y delante de los criminales, lanzándoles mierda de perro, huevos podridos, agua sucia y toda porquería que consiguieron. Fue tan intenso el momento, que los agentes tuvieron que dar unos disparos de mosquetón al aire, para apaciguar el deseo de venganza.

La vieja Viviana, encaramada sobre un bidón de gasoil, gesticulaba y daba alaridos, hasta que, con el alboroto, alguien lo movió y estampó al suelo. Todo era un clamor:

—¡Asesinos!

—¡Criminales!

—¡Deberían de cortarles el cogote, hijos de puta!

—¡Tírenlos al mar con una piedra amarrada al pescuezo!

—¡Pedazo cabrón, basura!

—¡Púdranse encerrados como cerdos!

La cárcel, una antigua capilla de un convento franciscano que quedaba en pie, era una torre de dos plantas, de unos quince metros de largo por ocho de ancho, y un diseño de construcción a cuatro aguas. Cada una de ellas tenía puerta de acceso y dos ventanas grandes de cojinetes con banco cortejador, guarnecidas con barrotes, orientadas hacia el sur, y para el naciente un marco de luz fijo, también con barras.

A llegar la Guardia Civil con los detenidos, don Ambrosio el carcelero se encargó de ellos. Los subió por la escalera hasta la segunda planta donde solo había un camastro y una bacinilla, los hizo entrar, les quitó las esposas y echó el fechillo. Quedaron presos.

Capítulo XXII

No se reponía el vecindario del brutal crimen. Pasaron los meses y los presos esperaban a que el juez terminara las investigaciones para ser trasladados a la Prisión Provincial. Los comentarios se alimentaban unos de otros, y, como pasa siempre, las desgracias con el tiempo se convierten en el entretenimiento de los mentideros. Los malgareos en noches oscuras, eran recurrentes:

—¡Se murió el burro del viejo Mariano Coneja!
—¡¿Qué le mandamos al señor Calixto?!
—¡Las tripas pa que se cuelgue del gajo más alto de un mocán!
—¿Y qué le damos a su enamorada?
—¡A ella le daremos los chismes del pollino para que los estruje!

Sentados en la Gorona, unos vecinos oían las retahílas de los malgareadores que estaban en el pico de la montaña la Cuesta cuando pasó el compadre de Calixto, Juan Matacán, apesadumbrado, y sin levantar la vista, sentenció: ¡Qué bonito es reírse de las desgracias ajenas!

Al momento sonaron disparos de revolver cerca de la montaña; se callaron los malgareadores y ladraron los perros. Los hombres se fueron a sus casas ligeros.

La mañana amaneció chubascosa y gris. María Concepción caminaba rápida con un saco de tres listas de montera para no mojarse las greñas, mientras espantaba a un gato negro que le seguía a todos lados.

—¡Zape! ¿A dónde diantre vas?

—Párate un poco mujer, que te vas a enchumbar, dijo Engracia Pérez que se guarecía del chubasco al soco de un requiebro de la pared del camino.

—No será pa tanto. Esto es un mojabobos.

—¿No has oído nada?

—¿De qué?

—¡Ay mujer!, si no sabes nada, de mi boca no saldrá, que juré guardar secreto. ¡Una desgracia mija, una desgracia!

—Usted me dirá.

—¡Ay, no mija!, te enterarás por otra.

María Concepción siguió el camino con su montera calada y se tropezó con el primo Gregorio que le hizo la misma pregunta

—¿Te has enterado del murmullo que hay?

—¡Bue!, ahí me encontré con la tía Engracia y me hizo la misma pegunta, pero no me dijo.

—Te voy a decir, si no me descubres. ¡Coño, ahí viene la Guardia Civil!, ¡vámonos pa casa!

La pareja marcaba el paso por la carretera de tierra empujada por una ligera brisa del noroeste que hinchaba sus verdes capas, haciéndola más imponente y temerosa. Al columbrar a Gregorio y a María Concepción caminando despavoridos, aligeraron el paso:

—¡Alto! ¡No se muevan! —gritó la guardia.

—Ya nos jodimos María, murmuró Gregorio en voz baja para no ser oído.

—No barruntes más penas; ¡y yo que iba a ordeñar las cabras!

—¡Buenos días! —saludó un guardia civil, con cara de guardia civil.

—Que Dios los dé, contestó María Concepción.

—¿Son ustedes de este pueblo? —preguntó el mismo agente con mala pinta, flaco, patilludo y con las orejas peludas, caídas como pellejos.

—Sí, desde que nacimos, hemos vivido aquí —dijo Gregorio sin levantar la mirada del suelo.

—¿Han visto u oído algo extraño?

—No, señor guardia. Nosotros estamos en nuestro trabajo y no sabemos nada. ¿Y ver?, como no sea algún cuervo, ¿qué se va a ver aquí?

—Vamos —dijo el guardia que había estado callado —busquemos a otros más espabilados.

Gregorio y María Concepción salieron pitando callejón arriba sin saber muy bien a donde ir cuando vieron al viejo Silvestre, montado en el burro, que venía despistado.

—¿A dónde va? ¡Vuélvase que están los civiles!,—dijo María Concepción.

—¡Carajo!, otra vez volvieron esos cabrones!

—Sí, ahí nos pararon y estuvieron peguntando si habíamos visto u oído algo extraño. María les dijo que lo más raro que había visto era un cuervo y nos tomaron por bobos.

—Más vale que tomen a uno por comemierda, se escapa mejor. Esos vienen por el comentario que hay —dijo el viejo Silvestre apeándose del burro.

—¿Entonces es verdad?, preguntó Gregorio.

—¡Coime!, soy la única del pueblo que no sabe nada, por lo que veo.

—Que Calixto se fugó de la cárcel —respondió el viejo —rascándose el cuello donde le lucía la picada de una pulga.

—¡Isús la chuscada!, ¡ahora si me voy pa casa, que se queden las cabras sin ordeñar, que se jodan!

La presencia en el pueblo de la Guardia Civil, el interrogatorio a cada vecino que encontraban, los registros que hacían, que no quedaba cuadra, pajero, alpendre donde no revolcaban, dio por cierto el secreto que todos sabían. El alcalde pedáneo, para confirmar la sospecha, encaró a los agentes:

—Buenos días, soy el alcalde pedáneo y estoy observando que están revisando cada rincón del pueblo, ¿sucede algo?

—Si, señor, que un preso se evadió de la cárcel. Como puede usted imaginar, es un fugitivo peligroso. Aquí tengo copia del telegrama que nos dieron en la comandancia. Se lo leo:

"Tengo el honor de comunicarle a V.S. que el procesado por parricidio, Don Calixto Quintero Machín, se evadió de la cárcel de esta villa la noche última, dejando carta dirigida a su esposa donde manifiesta se tiraría al mar o por una fuga. Salúdale respetuosamente. En La Villa, 21 de septiembre de 1940".

—Muchas gracias, colaboraré en lo que pueda —respondió el alcalde.

—Se le agradece. Nosotros seguimos con nuestro trabajo.

El día primero de agosto de 1941 el delegado del Gobierno envió al Gobernador Civil, la siguiente misiva:

"Contestando su comunicación de fecha ocho del pasado, referente a la busca y captura del procesado Calixto, tengo el honor de comunicarle que el Comandante del Puesto de la Guardia Civil, a quien le he encomendado el citado servicio, me participa que practicadas incesantes gestiones para lograr dicha captura, hasta la fecha no ha habido resultado alguno, no obstante, lo cual quedaban practicando las mismas gestiones.

Por Dios España y su Revolución Nacional Sindicalista

Dios guarde a V.S. muchos años. Valverde de El Hierro a 1 de agosto de 1941".

Nunca encontraron a Calixto. El viejo Nicolás Castañeda afirmó a Domingo el de Justa que lo habían hallado muerto en las fugas de Balón y lo enterraron en la falda de una higuera blanca en la Hoya del Horno. También se dijo que se había tirado al mar, pero su cuerpo jamás apareció varado, lo que permitió afirmar a los juzgamundos que él mismo se amarró una piedra al cogote y se apotaló. Otro comentario que pervive en el imaginario, fue que alguien cercano a la familia lo mató y lo enterró por la zona de San Juan en la Villa, incluso se especuló con que se embarcó en alguno de los veleros que tocaron las costas de la isla, rumbo a América, y se perdió en tierras venezolanas.

Sea como fuere, Calixto desapareció.

Printed in Great Britain
by Amazon